QUATRO NEGROS

luís augusto fischer

QUATRO NEGROS

1ª edição: outubro de 2005
3ª edição: agosto de 2008

Capa: Ivan Pinheiro Machado
Revisão: Jó Saldanha e Renato Deitos

ISBN 978-85-254-1497-7

F535q	Fischer, Luís Augusto
	    Quatro negros / Luís Augusto Fischer. – 3 ed. –
	Porto Alegre: L&PM, 2008.
	    112 p. ; 19 cm
	
	    1. Literatura brasileira-Novelas. I. Título.
	
	                               CDU 821.134.3(81)-32

Catalogação elaborada por Izabel A. Merlo, CRB 10/329.

© Luís Augusto Fischer, 2005

Todos os direitos desta edição reservados a L&PM Editores
Rua Comendador Coruja 314, loja 9 – Floresta – 90.220-180
Porto Alegre – RS – Brasil / Fone: 51.3225.5777

PEDIDOS & DEPTO. COMERCIAL: vendas@lpm.com.br
FALE CONOSCO: info@lpm.com.br
www.lpm.com.br

Impresso no Brasil
Inverno de 2008

*vale una vida
lo que un sol vale*

*toda la gloria es nada
toda vida es sagrada*

Jorge Drexler

Um

— Eu escrevi muita coisa, tu sabes, mas tem uma que eu deveria ter escrito e não tive talento, ou paciência, ou sabedoria suficiente. Era a única história que valia a pena, de todas as que eu conheci ou imaginei nessa vida, e eu não soube o que fazer com ela. Era a história que justificaria a minha história. Eu já te falei qual era, como era? É uma história verdadeira, pelo menos em parte. É a história da Janete – até o nome dela é este mesmo, te digo sem brincadeira nenhuma. Uma história que não tem cabimento de tão linda, de tão extraordinária. Uma história que eu não mereço contar agora, quando eu já menti tanto, já publiquei tanto romance ruim que passou por bom, já virei um medalhão celebrado em todas as cidades onde vou. Não mereço, nem devo. Te conto, nem sei por quê, mas te conto. Depois tu podes fazer dela o que melhor te parecer, ou fazer nada, porque quem sabe qual o destino certo e adequado de uma história, afinal?

A história da Janete é assim: ela era filha de uma família pobre, interiorana. Mas interiorana de verdade, moradores de lugar ermo, distante. Não sei se tu conheces a região sulina do Rio Grande, já na vizinhança do Uruguai. Aquilo que hoje se chama Metade Sul. O pampa e arredores. A família da Janete morava num distrito de uma pequena cidade interiorana desse mundo. Uma região de serra, mas sem nenhum charme, não fica pensando em Gramado ou em Campos do Jordão ou em Petrópolis. Muito menos Bariloche, que os brasileiros em geral chamam "Barilóchi" e nós aqui dizemos quase como em espanhol, "Barilôche", só falta o t, "Barilôtche". Nada disso; a região da Janete é uma serra sem graça, ou melhor, sem a graça de tipo cartão-postal para turista de classe média, desses que vêm a Gramado.

Falar em Gramado, deixa eu me dispersar um pouco, tu podes compreender, coisa de quem vai ficando velho: que tipo esquisito de gente é esse que vai lá? Eu nunca mais fui, nem a Canela, porque eu sempre ia com a ilusão de ir a uma cidade civilizada. Mas não tem uma livraria! Pelo menos não tinha, até quando eu ia. E o que é que essa gente faz lá? Bom, eu também gosto do frio, gosto de sentir frio. Por aí eu entendo e desculpo. Sentir frio, disse várias vezes o Borges, o Jorge Luis Borges, deixa na gente uma sensação de decência, como ter acabado de fazer a barba. Uma mulher não sei como compreenderá isso, fazer a barba, mas ela que pense um símile à altura. Serra, Gramado, eu desviei, e vamos voltar ao pampa.

A família da Janete morava numa região erma, um distrito longínquo de uma cidade pampiana secundaríssima. Vamos dizer Caçapava, pronto. Caçapava do Sul. Não foi lá que aconteceu a história, mas não tem problema, poderia ter sido, e eu conheço mais a cidade, a brava terra caçapavana, uma das capitais farroupilhas, sabe como é?, uma das sedes da falida República do Piratini, lá na primeira metade do século passado, desculpa, do século retrasado. Eu conheço lá, e por isso posso romancear melhor o relato. Mas não vou romancear muito, pelo menos agora, eu quero te contar lisamente, diretamente, claramente a história da Janete e sua família. Janete que por sinal se chama, na certidão, Janéti, com i no fim, mas sem acento no registro, uma pequena vergonha para ela, porque é português mal escrito, e nem foi problema do escrivão, foi o pai dela que foi lá no cartório, para registrá-la, com o nomezinho da nenê escrito por ele mesmo, num papelzinho fuleiro qualquer. Janéti.

Caçapava: tu pegas o mapa do Rio Grande, miras bem no centro dele, é um pouco pra baixo, um nada na direção sudoeste. Lá no interiorzão tem uma regiãozinha com gente muito pobre, que ou mora de favor, ou é empregado de fazenda, ou tem um pedacinho de terra. Mas pedacinho mesmo. Naquela região, tu sabes, só vale propriedade grande, acima de quinhentos hectares, para criar gado. Eles ainda funcionam lá na base da pecuária extensiva: deixa o gado no campo e espera que os animais sobrevivam ao frio, ganhem peso depois e sejam vendidos no fim da primavera. A gente da Janéti não: é gente pobre, que vive em pequenos pedaços de terra, meia dúzia de hectares – lá eles medem a terra não por hectare, mas por braça, medida antiga que por lá ainda se usa. Eu sei, aprendi isso: uma braça é um pouco menos que um hectare e meio, se não me falha a memória é 1,42 hectare. Sei lá por que é que a gente guarda coisas assim na memória. Ah, eu me lembro de cada inutilidade, cada besteira. Dicotiledôneas. Ainda é este o nome da coisa? Na tua geração ainda se chama assim? Não sei, isso muda muito. Menos b, mais ou menos raiz quadrada de b ao quadrado, mais 4ac, sobre 2a. Isso tudo é igual ao x. Energia é massa vezes velocidade da luz ao quadrado. Massa atrai massa na razão direta das massas e na inversa do quadrado da distância. Ou não é assim? Um quilograma é o peso de um litro.

Aliás, essa eu não aprendi menino, mas já adulto, lendo um ensaio do Ernesto Sábato, que eu não sei como me caiu nas mãos lá no tempo da faculdade. Era sobre o passado de físico dele. Tu sabes que ele largou uma carreira de físico sério, acadêmico, depois de um doutorado com a Madame Curie, largou uma bolsa de pós-doutorado no mitológico MIT, Massachussets Institute of Technology, nos Estados Unidos? Queria ser escritor, sem jamais ter escrito coisa nenhuma.

Eu no entanto já escrevi bastante, mas nunca uma história como a da Janéti, que eu sei que estou demorando pra contar. Mas é que precisa ter o ambiente adequado pra poder avaliar como é linda. Precisa um ritmo, também. Pode deixar, eu vou me apressar um pouco.

Família pobre, num ambiente pobre, num meio social em que a visão do mundo é muito pobre também. Pelo menos em alguns sentidos. Não é só por ser gente do campo não, porque lá, teoricamente, dá até pra nascer filósofo; mas é porque eles pensam pouco e pequeno. É gente pobre que no entanto não concebe trabalhar duro para melhorar. Não sei se tu entendes isso. Eu te explico, mesmo que isso vá atrasar um pouco a história. Mas considera comigo: eu sou um sujeito da cidade, mas minha família veio do interior. Meu pai e minha mãe nasceram e cresceram, não digo no campo, mas em cidades pequenas, onde a distância entre o rural e o urbano era muito escassa. Meus avós paternos trabalhavam em atividades da terra, com animais, tirando leite e plantando. Por isso, o que eu conhecia familiarmente como "campo" era um lugar totalmente ocupado por canteiros, bretes, cercas, pastos, chiqueiro, galinheiro, árvores. Se não era isso, eram as flores, a minha avó gostava muito de flores e até ganhava algum dinheiro vendendo algumas – isso é outra história, que eu posso te contar outra hora, se a gente tiver tempo.

Campo pra mim nunca foi uma enorme extensão de terra inculta, parecendo recém-criada por Deus, que aliás não existe. Nunca. E aí alguém como eu chega em Caçapava e vê aquilo, uma enormidade, como eles dizem por lá "uma imundície" de campo, sem um canteirinho, uma cultura. Cultura é coisa que se cultiva, eu sei que tu sabes dessa significação, e ela é boa. Pois a família da Janéti era dessas: pobre, com dificuldade até para comer, mas ninguém se lembrava ou se dava o serviço de plantar regularmente verduras, árvores frutíferas, qualquer coisa. Lá de vez em quando dava pêssego, laranja, porque a natureza toma certas providências sozinha, lá um milho era plantado, porque também, alimentava o gado, e era isso, era tudo. Pra te falar a verdade, mesmo pobres eles não gostam de comer verdura; nem mesmo carne de galinha eles comiam, claro que porque não criavam; mas e por que não criavam? Porque achavam que carne mesmo era a de gado, de boi e vaca. Galinha servia pra quê? Pra botar ovo, que eles não comiam, e pra fazer canja pra mulher doente.

Para mim foi um choque conhecer aquele mundo. Mundo bruto. Claro que é um mundo com uma enorme beleza, mas não é essa a questao aqui. Aqui se trata da Janéti, que era uma menina criada neste mundo, pobre e sem horizonte. Só a beleza do horizonte do pampa, ondulada, e alguma ponta de serra mais abrupta, escarpada. Beleza que eles não sabiam apreciar, porque aquela paisagem era como o ar que se respira, que a gente só admira quando falta ou fica sujo.

Mas tu tens que figurar o seguinte: a casa

da família da Janéti era aqui e a casa do primeiro vizinho mal se enxergava lá adiante. Uns talvez duzentos metros de distância. A grito mal se ouvia um vizinho ao outro. Tu vais pensar: um paraíso. Seria, se a gente medisse pela nossa régua aqui, e se fosse o caso de gente como eu, que gosta do campo, do mundo natural. Gosto mas desde que fique bem protegido à noite, com uma cama digna e banho quente à disposição. Lindo o campo, o cheiro do chão, as sombras fluidas, caminhar sem precisar olhar o tempo todo para os lados e para trás, em busca de algum assaltante oportunista, que lá não há, porque não há quem e o que roubar. Campo. Mundo rural. E eu lendo, aconchegado nessa hipotética casa, depois de um passeio por ali, uma caminhada larga e sem pressa. Claro, muito livro é necessário nessa casa. E cigarro, no tempo que eu fumava. E um mate amigo. E a mulher amada, naturalmente.

Família pobre, e eu ainda não disse que eram negros. Tem um tipo de negro no pampa gaúcho que é muito característico. Tem um amigo meu que diz que o Rio Grande do Sul inventou o negro triste. Não é muito verdade, porque há negro triste em outras partes, não se trata de característica local. Mas é verdade que tem um tipo de negro do pampa.

Como todos os pobres da região, sejam brancos ou pretos ou índios, e mesmo como alguns raros não-pobres, os negros dali são retraídos, são mais do que simplesmente quietos. As feições, se eu fosse antropólogo antigo, antropólogo dos bons, que se acostumou a trabalhar no meio do mato, com índio mesmo, feito meu falecido amigo Jorge Pozzobon, que faz muita falta, eu até me arriscaria a descrever fisicamente as feições dos negros da região. Testa ampla numa cabeça sobre um pescoço fino e longo, cabeça que parece ter sua parte alta empurrada para trás, como se fosse aquelas cabeças egípcias que a gente vê em museu, sabe? Olhos de aspecto amarelado, boca grande, que se abre fácil em sorriso, e dedos longos, aspecto geral delicado mas bem sólido. E são meio tristes mesmo, tendendo ao quieto. Já viu carnaval gaúcho? Aqui em Porto Alegre mesmo, já viu? Ah.

Janéti, família pobre, de negros pequenos proprietários que não cultivavam sua sobrevivência, no meio de um mar de latifúndios de criação de gado. Eu não expliquei ainda, mas explico agora: no distrito em que a família dela morava, havia mais umas oito, talvez dez ou doze famílias de negros com pequenas propriedades, algum gadinho, meia dúzia de cabeças (mas nunca tiravam leite, porque não sabiam gostar dele). E suas pequenas terras ocupavam uma região, como dizem os geógrafos e geólogos, muito dobrada, com muitos altos e baixos, com cerros e penhascos, de tal forma que aquela microrregião não tinha valor comercial por ali, naturalmente porque para criar gado em sistema extensivo uma terra dobrada não presta, porque o gado pode se matar num perau daqueles, um precipício qualquer, cair, se perder, morrer. Na volta desse pequeno distrito, as terras eram planas e largas, de grandes criadores de gado; mas ali, eram pequenos proprietários, e ainda por cima negros em sua maioria. Alguém um dia, em conversa lá mesmo na Caçapava que eu realmente conheci, disse que se tratava de um ramo bastardo de algum antigo proprietário, lá pelo fim do século 19, na altura da Abolição, pouco depois. Que esse hipotético fazendeirão antigo teria filhos com uma escrava caseira, quem sabe com mais de uma, e teria deixado, em testamento, aquele canto inútil de terra para ela, ou elas, ou elas mais seus filhos. Daí que esses filhos teriam procriado, como acontece com grupos humanos, e que finalmente esses pais da Janéti e seus vizinhos proviriam daí. Teriam algum sangue branco. Não sei ao certo, acho que ninguém sabe direito. Acontece como acontece sempre:

quem sabia foi morrendo, e com a morte levou junto para o infinito assuntos, conhecimentos, informações que nunca mais serão recuperados. Assim passa a vida, meu caro.

Teriam sangue branco, eu disse, e me lembrei mais uma vez do Borges, do mesmo Jorge Luis Borges, portenho, o mais inventivo ensaísta de toda a Comarca do Pampa, que inclui o Rio Grande do Sul, evidentemente. Uma vez ele disse que era inútil tentar encontrar as origens étnicas do gaúcho, o tipo social chamado de gaúcho, que se definia melhor por seu destino do que por sua origem. Ele podia provir de brancos, de negros, de índios, e essa informação não chegava para defini-lo. O certo é que ele tinha um fim marcado: ia morrer numa guerra.

A gente da Janéti era evidentemente negra, quero dizer, não precisaria raciocinar nada para pensar em si mesma como negra. Pobre, negra, gaúcha, morando lá naquele mundo. Posso te explicar mais uma vez aquele mundo, de um outro jeito, com um novo exemplo, correndo o risco de perder a tua atenção por desviar mais uma vez do curso principal da conversa. Mas vale a pena conhecer mais esse pedaço de história: uma vez, um amigo meu, que é caçapavano e que me levou a conhecer aquele maravilhoso, bruto, telúrico, primitivo universo, me contou que houve uma praga de morcegos naquela regiãozinha, a que eu estou usando para localizar a Janéti, a minha, a ficcional. Praga de morcegos que, ali, prosperam em cavernas, não é como na cidade, onde os morcegos vivem nas torres de velhas igrejas desprovidas de fiéis, nos altos de edifícios de cinqüenta, setenta anos atrás, nos primeiros e ingenuamente portentosos arranha-céus – que estranha e fantasiosa esta expressão, arranha-céu, que céu baixo o daquela época, não é?

Morcego, o de caverna, morde gado, que daí morre. Esse é o ponto. E era o caso, que ele me contou. Meu amigo tentou alguma solução com a Secretaria da Agricultura, uma seção de controle de pragas em geral, mas sem sucesso. Por essa época eu estava começando a freqüentar Caçapava. E conheci alguns dos proprietários da região. Eram negros, em parte, e eram donos de pequenas porções de campo, e eram pobres. E seu gado estava sendo mordido e matado por morcegos. Fomos, esse meu amigo e eu, conversar com um deles, de quem o meu amigo estava querendo apoio para pressionar um vereador da cidade, para ver se o vereador pressionava o prefeito, essas coisas que em cidade pequena funcionam porque é tudo meio próximo mesmo, pouca gente, tudo conhecido, pelo menos de vista e de saudação. E o tal pequeno proprietário, ouvindo a solicitação do meu amigo para conversar com o vereador sobre a praga dos morcegos, renegou. Disse que não era o caso. E disse isso olhando de lado, desviando o olhar dos olhos do meu amigo e dos meus, eu que era um estrangeiro total ali. Não era o caso de pressionar ninguém em função de morcego, disse ele, porque mal tinham morrido duas vacas dele, e isso sempre tinha, ele mesmo tinha ouvido do pai, do avô, de tios mais velhos, que morcego ia e vinha, que era esperar e pronto, mais um tempo e tudo estaria bem de novo.

Tu entendes o horror disso? O sujeito achava que era só esperar passar aquele momento. Morriam duas vacas? Paciência, pensava ele. Pensava como se tivesse quinhentas cabeças, mil, duas mil. Só que ele tinha umas dez, no máximo doze! Entendes? Ele estava perdendo talvez vinte por cento de seu escasso rebanho, e achava que era só esperar. Cabeça de latifundiário, posses de minifundiário. Um horror, um horror histórico, uma daquelas tragédias sem barulho que acontecem a toda hora.

A gente da Janéti era assim, pobre, negra, esperando o mundo se encarregar de tudo, sem contrariar o ritmo das coisas. Casa de chão batido, paredes de barro, sem forro interno para isolar o telhado e a área interna. Muito fria no inverno, razoável no verão. Ratos passavam pelas traves de sustentação do telhado. Ratos familiares, não agressivos. A parede do lado sul, que é o lado chovedor, como eles lá dizem, por ser o lado por onde vem a chuva, quase sempre era recoberta com pedras, por fora. Uma antiga e não racionalizada sabedoria havia feito o serviço ali: o construtor da casa, quem sabe o avô da Janéti, tinha reforçado a parede do lado chovedor, por onde vinha a umidade, e com ela evitava o frio mais perigoso, o frio molhado, diferente do limpo frio seco, de que todo mundo gosta, aqui no Rio Grande, eu inclusive.

Agora, depois de te rodear tanto com essas coisas secundárias, eu posso te contar ligeiro a história da Janéti, sem mais firula: os pais da Janéti tinham casado ali mesmo, eram meio primos afastados, da mesma origem, os dois dali. Casaram e logo tiveram um filho, menino, um machinho, segundo a definição cruamente animal que ali se dá para o sexo dos recém-nascidos. Mal nasceu o filho, e, sem pensar muito, o pai pegou o menino aí pelos seus três ou quatro meses de idade e o deu a uma família ali da redondeza. Uma família de brancos, proprietários médios dali, gente que seria, na classificação da cidade, de classe média. Gente que tinha um carro já velho, com um rebanhozinho de umas sessenta ou setenta cabeças de gado, mais algumas ovelhas de lã e outras coisas. Deram o menino, ainda sem nome definido. O pai pensava em Airton, nome moderno, mas a mãe queria Alcides, em homenagem a um avô. Saiu de casa sem batismo, sem nome definido, o machinho esse.

Foi dado o menino porque a mãe já estava grávida de novo, e dessa vez quem vinha era a própria Janéti. Nome aborrecido, "Janéti", não é? Mas o que é que eu posso fazer, se esse era o nome dela? Se eu soubesse como escrever o romance que a história dela merece, quem sabe então eu devesse alterar esse nome. Chamá-la de, sei lá; Maria alguma-coisa? Teria que pensar. Não é simples a escolha, porque o nome tem que guardar várias pequenas informações, sugerir alusões: moça pobre, interiorana, negra. E rejeitada pela família, por seu pai e sua mãe.

O segundo capítulo é esse, como já anunciei: ela também foi dada. Só que demorou um tanto: a Janéti nasceu, foi registrada pelo pai, como eu já tinha contado, com esse nome meio errado, ele mal sabia escrever, e viveu dois anos em casa, quase três, porque a mãe resolveu que essa menina ela poderia criar, como se diz popularmente. A menina cabia nos planos da mãe, sabe-se como, sabe-se lá por quê. Que diferença havia entre o primeiro filho, dado com poucos meses, e ela, que ficou os talvez três anos ali, com o pai e a mãe? Eu não sei explicar, não tenho a menor idéia. Pode parecer que um menino teria mais valia para uma família pobre, porque no futuro poderia trabalhar na terra, mexer com os animais, ganhar algum dinheiro, quem sabe ajudar no sustento dos pais, tão logo soubesse andar e fazer coisas. Mas uma menina, a Janéti, é que foi escolhida pelos pais, especialmente pela mãe, para permanecer por uns tempos ali, no ninho, por assim dizer.

Uma menina também podia ajudar em casa, é claro. Uma menina pobre, já com seus sete ou oito anos pode trabalhar na casa de outros, limpando, cuidando de uma criança menor, não digo para ganhar salário, que isso era raro, naquele mundo quase não alcançado pela lógica do dinheiro. Mas podia ganhar comida e pouso, quem sabe roupa e algum mimo, e isso já seria um alívio para os pobres pais.

Janéti ficou ali mas aos dois anos e tanto, três, foi dada também. Por quê? Porque vinha outro filho, outra boca. A mãe arranjou outra família para dar a Janéti. Dar mesmo, não queria nunca mais ver, não queria se apegar. Não havia nisso maldade, nem bondade. Era uma solução simples e ancestral. Quanta gente já não tinha vivido assim, sobrevivido assim, longe dos pais biológicos? Por certo que a mãe não usava a palavra "biológicos", nada disso. Dar um filho era coisa mais ou menos natural, sem sentimento de culpa, pelo menos nada visível. E Janéti foi dada a uma família de negros aparentados, que vivia a uns oito ou dez quilômetros da casa dela. Negros mais velhos, teriam idade para ser tios dos pais. Gente cujos filhos estavam já muito longe, em outras e distantes cidades, e nunca voltavam, nem para visita. Uma que outra vez, ao largo dos anos, um deles aparecera, para ficar ali de um dia para outro, e nada mais. Os velhos não apenas tinham bom coração, para acolher a Janéti: tinham também um olho posto no futuro, quando eles estivessem talvez sem condições de fazer as coisas mínimas do diário, pegar lenha, cozinhar, matar uma galinha, colher um milho, limpar a casa. A Janéti poderia ser essa serviçal, meio filha e meio agregada, naquela simplicidade que é a vida da gente pobre do interior arcaico.

Ah, mas o plano não funcionou direito. Talvez pelo fato de ter vivido o amor simples da mãe e do pai por mais de dois anos, talvez por temperamento autônomo, talvez mesmo por não ter gostado da cara dos velhos a quem foi destinada, o certo é que a Janéti resistiu o quanto pôde. Se escondeu pelos cantos da casa, depois no pequeno galpão que ficava logo ao fundo, se agarrou na perna na mãe. Não dizia palavra, mas deixava claro que não queria ir embora. A mãe ficou meio sem graça, e só conseguiu efetivar a doação a muito custo, e não na primeira vez, quando os velhos vieram até a casa deles para levar a pequena, mas depois, numa segunda tentativa, quando a mãe e o pai levaram a Janéti até lá a casa dos velhos. Essa senhora agarrou a pequena, travou seus bracinhos e perninhas junto ao seu corpo grande, não se deixou impressionar pelo ronco, pelo grunhido que a pequena soltava pela garganta muda. Janéti viu a mãe e o pai indo embora, sem consciência suficiente, talvez, para perceber as lágrimas que brotavam nos olhos da mãe, grávida, de barrigão, se afastando pela estradinha linda, bucólica, verde, amena, serpenteante.

Tu achas que se segue o quê, agora? Eu te digo: segue-se que a Janéti fugiu dos braços da velha assim que pôde, saiu correndo como uma criança de nem três anos que tem certeza de que precisa voltar para seu lugar no mundo, para perto de seu pai e sua mãe, que estão indo embora pela estradinha linda. Foi e alcançou os dois. Alcançou, abraçou a perna da mãe, não largou mais. E a mãe não soube o que fazer.

Janéti voltou com os pais para a velha casinha. Em sua singeleza de criança, estava feliz, por estar perto da mãe, do pai e também da barriga que preparava um irmãozinho. E a mãe, que fazer, aceitou aquilo. Passam-se poucos meses, nasce outro filho, que a mãe cuida como..., como se fosse um filho desejado. E Janéti ali, ajudando como podia. Passam-se mais meses, e agora, Janéti, com mais de quatro anos, é mais uma vez dada. Outra família, de gente simples também, mas que morava mais longe ainda. O pai a levou sozinho, porque julgou que a mãe era muito frouxa e podia acontecer de novo aquilo, aquele erro de a menina voltar junto, quando devia ficar lá, para nunca mais, para sempre. E de fato: o pai leva, mal chega a dizer o nome do novo pai emprestado, que nunca seria pai, e da mãe súbita, que jamais seria mãe de verdade, e larga a Janéti, na marra.

Janéti fica? Fica, mas só por uma noite. Uma simples noite. E como é que eu posso te contar isso? Como eu poderia escrever esta história? Uma criança de quatro anos e pouco que foge da casa em que está e descobre, sabe deus como, o caminho de volta até sua querida antiga casa, onde estão um irmãozinho, sua mãe e seu bom pai. Apesar de tudo, bom pai. O pai a vê chegar, na tarde do dia seguinte, e não acredita. Ela lá adiante, parada, com a mesma roupinha de ontem, antes de ser dada, olhando parada na direção da porta da cozinha, a única abertura da parede dos fundos da casinha simples. Uns vinte metros adiante de onde ele está, ali, na linha da porta, na beira de um mato, perto do cercado onde estava plantado aipim. Ela parada, o pai vendo. O pai não acreditando, ela querendo que ele acreditasse e gostasse da volta. Se não gostasse, que pelo menos aceitasse.

O pai não aceita. Mal a vê, sai correndo na direção dela, já afrouxando o cinto, para bater na insubordinada. Mas ela não fica parada à espera do laço. Sai correndo também, se mete pelo meio do cercado, sai logo lá do outro lado, sobe um cerro que só as cabras subiam rápido. As cabras e as crianças, algumas crianças, ao menos. E some pelo meio de uma capoeira, uma sujeira de mato, atrás do qual havia uma gruta, parecida com aquela dos morcegos. Não sei se havia uma praga de morcegos nesse momento da fuga da Janéti, e bem pode ser que sim. A Janéti não pensou nessa hipótese com clareza; se pensou, concluiu que precisava se refugiar, de todo modo, de qualquer modo. Voltaria para casa depois, no dia seguinte, algum dia.

E voltou mesmo, e foi logo no dia seguinte, e a mãe nem precisou convencer o pai. Assim como aquela gente aceitava a praga dos morcegos, quando ela aparecia, o pai e a mãe aceitaram a fatalidade de que teriam a Janéti em casa. A questão agora era ajeitar a convivência, contando com ela.

Com ela, e só com ela, porque eles já tinham decidido dar o terceiro filho, aquele que ainda estava por ali, com poucos meses de vida. Era mesmo um menino; e a mãe ainda disse para a Janéti que o pequeno ia ser dado, porque não havia como mantê-lo. Ainda sem nome, o nenezinho foi dado a uma família do distrito.

Sem nome uma vírgula: a Janéti, lá na sua cabeça, resolveu dar nome aos irmãos. O mais velho ela não tinha conhecido, mas sabia dele, tinha deduzido sua vida e o parentesco, pelas conversas dos pais. Guardou em seu incompreensível coração amoroso aquele irmão, que ela precisaria conhecer. E guardou dando um nome a ele: Jorge. De onde saiu? Não sei, não faço idéia. Novela de rádio, que a mãe ouvia? Nome de artista, de cantor? É certo que o rádio existia na casa, rádio a pilha, que era o meio de contato moderno da família com o mundo. Já te falei que não tinha luz elétrica lá? Claro que não. Foi aparecer linha de transmissão lá agora, faz pouco, uns cinco ou seis anos atrás.

Tinha o Jorge, então, um nome, antes de ter um rosto, para a sensibilidade da Janéti. E o nome ganhou um rosto em algum momento, numa festa qualquer, muito provavelmente num dia de marcação, entrada de primavera, atividade que ali, naquele mundo, era uma grande festa, aliás, era a maior das festas, porque era quando os pequenos proprietários juntavam todos os tourinhos e vaquinhas nascidos nos meses anteriores numa mesma mangueira, num mesmo cercado; e ficavam todos os felizes homens a cuidar cada qual com sua marca de ferro, colocada num braseiro até o ponto de brasa, para ficar à disposição quando chegasse a vez do feliz proprietário levar o ferro à traseira do bicho, do seu bicho, da sua propriedade.

Se quiser, eu te explico isso melhor, porque eu vi, estive lá algumas vezes vendo isso. É lindo, comovente, ver aqueles homens simples, cada qual tendo levado um, dois, no máximo três ou quatro animais para a mangueira da fazendola de um deles, em geral o mais abastado de todos, mas nunca um grande proprietário, que é gente que evidentemente não se junta com os pequenos; e ficam socializando uns com os outros, conversando enquanto aguardam a comida, que está sendo preparada pelo mulheral todo, reunido na cozinha da casa, num falatório de mulher, uma troca intensa de pequenas, miúdas, vivas informações, elas que moravam a poucos minutos e poucos quilômetros umas das outras mas que se viam umas quatro ou cinco vezes ao ano. O que é criança fica por ali, na volta, fazendo isso ou aquilo, brincando do jeito que dá, com os pouquíssimos brinquedos fabricados, o mais sendo mesmo sabugo seco, ossinhos de rabo de boi, uma ou outra boneca de pano, um que outro carrinho feito de madeira. E os homens, chegada a hora, vêm soltar-se os animaizinhos, um por um; alguém lá de dentro abre a mangueira, esse cercado, deixando escapar um, qualquer um e apenas um animal, que corre entre uma cerca de arame e uma seqüência de homens, jovens ou velhos, cada qual com seu laço na mão, cada qual tentando seu tiro perfeito para derrubar o animal.

O tiro perfeito eles chamam de pealo de cucharra. Sabes como é? Já viste? É lindo. Uma brutalidade linda: o pealo de cucharra é um tiro de laço que prende as duas patas dianteiras do animal em movimento, que então, por causa disso, trava subitamente e cujo corpo dá uma cambalhota abrupta sobre si mesmo, ficando ali estabacado, atônito, e logo vê chegar um homem, em geral o proprietário mesmo, que nessa hora quer mostrar destreza e por isso logo completa a imobilização do bicho, torcendo a cabeça dele de modo decidido, de vez em quando enfiando os dedos dentro das narinas do animal, porque parece que eles ficam dóceis mesmo é quando se pressiona aquela cartilagem ali, que divide as narinas. Sabe aquele anel que botam em touros, aqueles de exposição, bem ali, no nariz? Pois é. E, dominado o animal, chega alguém, pode ser o mesmo proprietário, se não está imobilizando o bicho, e se não for ele pode ser qualquer um ajudante, algum amigo, com a marca em brasa na mão, para aplicar o ferro no couro da traseira, perto do rabo, que é para não estragar o couro, que no futuro pode valer alguma coisa numa venda ou no trabalho prático. Quando é um tourinho o animal marcado, eles tomam outras duas providências, pelo que vi: cortam, a serrote, a ponta dos chifres, com a intenção de deixar os bichos menos capazes de furar o couro de outro, numa briga, e logo capam, cortam o couro do saco com um talho simples, tiram de lá os bagos e pincelam alguma creolina, a título de prevenir infecção. Sai sangue, claro, e eu mesmo vomitei na primeira vez que vi isso tudo diante de meus urbanos olhos. Saía sangue, até esguichado, da ponta das aspinhas cortadas, também. E os bagos eram jogados sobre o mesmo braseiro que esquentava as marcas. Adivinhou pra quê? Para serem comidos, logo depois de queimados ao fogo. Tira-se a casca tostada, e o que resta, com um salzinho ou passado numa salmoura, tem gosto parecido com o de miúdos, desses que a gente come quando é de galinha, e os gaúchos campeiros comem de gado, os rins, essa coisa toda. Já viu churrasco de castelhano? Eles comem disso sempre, com gosto.

Mas a Janéti, a Janéti, eu não posso me dispersar tanto. Eu só queria te apresentar um pouco dessas coisas pra ajudar a imaginar como é que, naquele mundo tão rarefeito de encontros entre pessoas, pôde ela ter conhecido seu irmão Jorge, que por sinal se chamava mesmo, oficialmente, Airton, mas isso não importa, porque ele permaneceu, permanece ainda sendo chamado de Jorge pela Janéti real, a que existe mesmo. Eu te disse que eu soube da história da Janéti por ela mesma? Sim, eu conheci a Janéti, ao vivo mesmo. Mas vamos deixar de lado isso, que a vida real é aborrecida, ainda mais na fase em que eu me encontro. Se precisar, eu conto depois.

A Janéti então conheceu o Jorge, identificou-o e se apresentou a ele como irmã e manteve contato com ele do jeito que pôde, ao longo do tempo. Mas espera aí, eu estou esquecendo de dizer outras coisas que vêm antes. Vem antes, por exemplo, o fato de que o outro irmãzinho, que veio ao mundo depois da Janéti, também ganhou nome da irmã que não quis sair de casa: na cabeça e no coração da Janéti o pequeno era Antônio, sabe-se lá tirado de onde. Também foi dado pelos pais. Preciso te dizer que a Janéti deu um jeito de saber para onde tinha sido enviado o pequeno? Claro que sim, claro que deu esse jeito, claro que manteve contato com ele. Mas eu estou adiantando muito a história.

Espera aí, não te assusta, em não vou demorar muito, vou contar logo tudo de uma vez: nasceram mais outros irmãos, e foram sete no total, e cada novo irmão que nascia a mãe ia dando para alguma família possível, ali pela redondeza. E a Janéti dava um jeito de permanecer com os pais. E dava um jeito de estabelecer laços com os irmãos que iam sendo espalhados pela geografia, pela singela pobreza conhecida. Mansa, agradecida sem dizer, Janéti soube ser o pivô de uma família que não queria existir.

Quando chegou o sétimo filho do casal, uma decisão foi tomada. De tanto ouvir falar de empregos possíveis em fábricas que estavam sendo instaladas em Porto Alegre e na região da capital, o pai chegou um dia em casa e comunicou a mulher da mudança: iam embora, para sempre, para outra vida, para um mundo melhor. Ficariam com a última filhinha, a sétima, e levariam a Janéti junto, se não tivesse mesmo jeito de deixá-la em alguma parte por ali. Total, a Janéti já estava com quase dez anos e ajudava no trato da casa, no cuidar a nenê. Quem sabe até mesmo a mãe, chegando na cidade, não encontrava um emprego decente, carteira assinada, salário certo no fim do mês. Quem sabe? Ficou combinado, iriam, marcaram dia e hora, numa manhã cedo, num dia que talvez fosse de primavera – ponhamos primavera, que é uma estação adequada para novidades.

Janéti soube logo da decisão, porque sabia de tudo o que se passava na casa, que de resto era pequena, sem forro interno como já disse, e a mãe não tinha segredos com ela. Soube da viagem, e seu coração concebeu imediatamente o plano. E o colocou em imediata execução. Adivinhou o plano dela?

Eu conto: na manhã da saída, algumas roupas e meia dúzia de pequenos trastes colocados em uma mala velha e em um saco de aninhagem, o pai e a mãe se dirigem à parada de ônibus, a uns poucos quilômetros de casa, a menorzinha no colo da mãe. E a Janéti? Não estava ali. Tinha sumido no entardecer do dia anterior. Sem dizer nada, sem anunciar nada, sem se despedir. Quereria ela permanecer por ali, com alguma família? Teria retornado a alguma das duas famílias para as quais havia sido destinada e que rejeitara, mas das quais tinha notícia suficiente? Teria ido ao mundo, teria saído "a la cria", como se diz lá, pura e simplesmente? Ninguém sabia, e ninguém queria saber. Se se perdera, o que se podia fazer? Era desde sempre autônoma, nunca aceitara cabresto de tipo nenhum, embora sempre colaborasse em casa. Se tinha fugido, então passava a fazer parte do passado dos pais migrantes.

Chegam os pais com a nenê na parada e se preparam para aguardar pelo ônibus, que não tardará. A mãe se ajeita, sentando-se na beira dum barranco, sobre um casaco velho. O pai acende um cigarro, sem olhar fixo para nada. Era o fim de uma vida; mas era o começo de outra.

E aí, sem nenhum anúncio, sem alarde, com timidez e silêncio, aparece a Janéti. Aparece a Janéti rebelde e autônoma, trazendo consigo os cinco outros irmãos que haviam sido dados. Os cinco outros, sem faltar nenhum. Os cinco, com quem manteve o laço do afeto irracional e primeiro, mais de mãe que de irmã. Os cinco, que com ela e a pequena formavam os sete, os filhos do mesmo pai e da mesma mãe. Traz os cinco consigo, todos de mãos dadas, o mais velho, Jorge, já com um esboço de penugem acima do lábio, a mais moça com três anos. Chegam em silêncio, nada dizem, e nada se lhes pergunta.

Chega o ônibus; sobem nele as nove criaturas. O pai não tem dinheiro para pagar todas as passagens até Porto Alegre, a parenta distante que lá mora não está preparada para receber temporariamente dois adultos mais sete crianças, não se traz roupa para aqueles cinco que vieram com a Janéti, nem mesmo para ela, será duríssima a vida na cidade grande; mas nada disso me interessa agora. Eu só quero ficar vendo, aqui na minha imaginação, aquela família subindo no ônibus, aquela família que só um amor absoluto pode explicar.

Dois

— Eu escrevi muita coisa na minha vida, coisa demais, já te disse, e teria bastado apenas contar a história da Janéti, não acha? Para que mais?, eu te pergunto. Que sentido ir além de uma simples e sólida história de amor, amor que transborda e inunda todos, que alcança uma gente infeliz destinada a uma vida miserável? Sei lá se tem sentido isso que eu estou dizendo agora. Não sei se tem cabimento eu ficar aqui dizendo que aquela gente é infeliz. Eu por acaso sou feliz? Eu lá sei o que é felicidade?

Chega de perguntas. Eu queria te contar mais coisas da história da Janéti, para salvar do esquecimento. Queria pensar nela, sem parar, dias a fio, como se eu rezasse, como se eu pudesse recuperar minimamente que fosse um pouco da minha falecida fé, um pouco daquele estado de suspensão que certos momentos de oração me proporcionaram na vida, no passado. Mas não é exatamente pensar na história dela o que eu queria. Eu queria era parar de pensar, parar de pensar e ficar boiando dentro da história da Janéti, assim como se bóia, dizem, no Mar Vermelho. É no Mar Vermelho ou no Cáspio que a água é tão densa que o sujeito fica dentro d'água de qualquer jeito e já está boiando? No Vermelho, né? Ah, não, bobagem minha: é no Mar Morto, o Morto! E é por densa a água, ou por outra coisa? Assim, bem assim eu queria ficar dentro da história dessa mulher impressionante, formidável, irrepetível.

Todo ser humano é irrepetível, eu sei. Em abstrato eu sei disso. Quando eu conheci algumas pessoas lá em Caçapava eu me dei conta disso. Gente que poderia ser parente da Janéti real, e também poderia ser parente da Janéti minha personagem, esta que eu estou contando aqui, que é parecida com a real mas não é ela, por certo, porque nunca a narração de uma vida consegue ser do tamanho da vida. Eu por exemplo não botei nesse relato o sorriso dela. Te contei do sorriso dela? Quando a conheci, ela sorria muito para mim. Foi o seguinte: eu fui até a cidade em que ela mora, perto aqui de Porto Alegre. Cidade operária, cidade-dormitório, onde uma gente abnegada e de valor incalculável faz uma feira do livro todos os anos. Eu fui lá como convidado. Isso foi ano passado.

Chego e me apresentam: "Esta é a Janéti, que vai acompanhar o senhor agora na feira. O que o senhor quiser, pode pedir". Eu olho para a Janéti, que me sorri o tal sorriso, que eu não tinha ainda posto no rosto dela, aqui. Ponho agora. Põe aí, na tua imaginação. Um sorriso de quem coloca a alma no rosto, nada a esconder, toda a intensidade viva nas linhas da cara. Passei umas horas lá naquela feira, entre conversar com alunos de uma escola e passear pelas barracas de livros. E a Janéti sempre por perto, me dizendo coisas agradáveis sobre os meus livros, que ela em parte conhecia. Eu não tinha ainda ouvido o relato da história dela, mas já poderia ter percebido que não tem o menor cabimento ela gostar do que eu escrevi. Nenhum, zero cabimento. Ou tem um pouco, vamos ser menos rigorosos. Talvez algumas das coisas que me saíram da cabeça e da letra tenham algum sentido para ela. Em todo caso, foi num intervalo entre a conversa e a caminhada pelas barracas de livros que ela me contou tudo.

Começou nem me lembro como. Acho que foi alguém que estava ali por perto que me disse:

"O senhor precisa ouvir é a história da Janéti". Eu me viro para ela e espero, como quem pergunta mas sem pressionar, porque coisas da vida da gente só cabe contar quando cabe, não a qualquer hora. E ela conta, mais ou menos como eu repeti antes. Os detalhes eu agora mal consigo recuperar. Ela me contou orgulhosa que hoje em dia ela é que sustenta o pai e a mãe. Aliás ela tinha mesmo, me contou, levado a mãe ao posto de saúde ainda por aqueles dias, porque ela estava velhinha e já ficava doente à toa. O pai não, o pai ainda era bem forte, graças a Deus, ela disse.

Deus, que não existe, deve ter me visto por dentro. Eu não sei como agüentei ouvir o relato de sua vida, a dispersão e a reunião da família, sem chorar; e sei menos ainda como foi que eu não desabei ao saber que ela sustentava os pais. Os pais, que na minha conta simplória eram como covardes que tinham abandonado os filhos, um por um, e que só por insistência dela, por mágica da própria Janéti, tinham sobrevivido como uma família. Por mim família não vale tanto assim, como eu já devo ter dito, e se não disse digo agora. Ora, família. Vem me falar de família. Vem! Eu te dou o exemplo da Janéti. O que é a família dela? É ela e seu amor, meu caro, e nada mais. O resto é o acaso da história.

Sabe uma que ela me contou? Que ela, fazia poucos meses, tinha levado suas duas filhas até a velha localidade onde tinha nascido. Lá no interiorzão, uns trinta quilômetros fora da estrada federal, da BR, como se diz. Eram as férias das meninas, uma de quinze, outra de treze ou doze, as duas estudando em séries regulares para sua idade, acho que na Oitava e na Quinta, algo assim. Estudavam como a mãe, a Janéti, nunca tinha podido: estudavam com comida na mesa, com as três ou quatro refeições por dia, com roupas razoavelmente decentes, com quem as estimulasse em casa, a própria mãe, claro. Não sei de pai dessas meninas; nem a Janéti falou, nem eu tive coragem de perguntar. Só sei que ela contou, com o mesmo sorriso nos lábios e no rosto todo, que tinha levado as meninas para conhecer sua velha terra, aquela em que ela foi persistente, abnegada, amorosa, agregadora. Aquela em que ela arrebanhou os irmãos como se fosse um dos incontáveis peões de fazenda que ajuntam animais para conduzir para algum destino. Sua terra, mais que nada: a terra em que tudo fazia sentido para ela, eu imagino.

E o que contou, ah, o que contou foi mais uma vez de rachar o coração. Sabe o que foi que ela disse? Que as meninas dela não gostaram nada de terem ido lá. Que estranharam a casa do parente em que pousaram, que era de chão batido como a antiga casa da Janéti, a casa em que nasceram todos os seus irmãos e ela mesma. Que se entediaram por não entender sequer a linguagem dos parentes, que de resto eram, na opinião delas, muito broncos, além de pobres, ao passo que elas já eram moças por assim dizer da cidade, civilizadas, com roupas da moda e linguagem da Xuxa ou sei lá de quem desses seres televisivos. Que forçaram a mãe a voltar para casa muito antes dos três ou quatro dias planejados para a excursão de reencontro e cultivo da memória. A Janéti contou isso e seu sorriso era só um esquema frio e abstrato parado no rosto. As filhas que ela amava, talvez amasse mais do que os próprios irmãos e pais que por assim dizer ela tinha posto debaixo da asa de menina para carregar consigo mundo afora, as filhas renegaram a origem da mãe, já se sentindo cosmopolitas, integradas, superiores, arrogantes.

Juventude, tu vais me dizer, como se fosse motivo suficiente para essa desfeita que elas fizeram com a mãe delas, e eu vou te dizer que não, que é outra coisa. Isso para mim se chama simplesmente mercado: as gurias dela já tinham assimilado a regra de ouro do mundo da mercadoria – o que está integrado tem valor de troca e por isso tem valor afetivo; o que não, não, e estamos conversados. Quem não vale alguma coisa segundo a perversa lei, que se foda, com perdão da má palavra. E os parentes delas lá naquele fundo de campo não tinham valor algum, gente sem estudo, sem roupa de marca, sem linguagem da moda, sem jeito. Integradas, as filhas de Janéti, aquela que ama.

Cosmopolita eu vou te contar o que é, vou te contar quem é que é. É o velho Seu Sinhô, lá de Caçapava, que eu conheci. O nome dele só mais tarde eu vim a saber qual era realmente, quero dizer, qual era seu nome oficial, pelo qual ninguém o conhecia, nem sua esposa, outra criatura sensacional. Nem importa qual o nome formal dele, porque será para sempre Seu Sinhô, um negro que teria, quando eu o conheci, seus 60 anos, 65, talvez, a gente nunca sabe direito idade de negro, "Negro quando pinta, três vezes trinta", não é um dito antigo, querendo dizer que só aos noventa anos os negros ficam com os cabelos brancos? Ou é "duas vezes trinta"? Ou eu é que inventei isso agora?

Eu o conheci numa manhã luminosa, leve, inacreditável. Era primavera, eu tenho certeza, porque era um dia de marcação ali na redondeza. Fui acompanhando esse meu amigo nascido lá, um filósofo. Filósofo mesmo, não apenas por ser formado em Filosofia. Um pensador: um sujeito que toma um problema e o coloca diante de si, para apreciá-lo e entendê-lo. Esse amigo me apresentou, "Olha, tchê, esse é o tio Sinhô". O velho me estendeu sua mão mole, como é o uso deles, mal os dedos apertando um pouco os dedos alheios. Eu não sabia ainda, mas eles usam, pelo menos usavam naquela altura, um cumprimento em três partes, entre os homens: leve pressão dos dedos na mão do outro, um discreto avanço do antebraço em direção ao corpo do outro e de vez em quando um toque da ponta dos dedos na parte interna do antebraço do outro, e finalmente um retorno, uma repetição da leve pressão inicial. Tu já deves ter visto isso repetido de fanfarronice num desses eventos que querem se parecer com a vida, pretensamente autênticos, gauchescos; lá era discreto, uma prova de confiança e amizade viril. Só que eu não sabia ainda, e o Seu Sinhô, que queria ser meu amigo, como depois eu soube, ficou em dúvida se me dava logo a prova da confiança do cumprimento em três etapas ou se se fazia de civilizado e apenas me apertava a mão, uma vez só.

    Sou recebido com um amável sorriso e logo Seu Sinhô está perguntando para o meu amigo, o filósofo, alguma coisa. Não lembro o tema, mas sei que o velho estava conferindo com o recém-chegado alguma informação nova, que ele tinha retido mas da qual não tinha certeza. Te explico melhor, porque esse velho vale a pena: como já disse, na terra da Janéti, assim como nessa terra do Sinhô velho, não havia luz elétrica, e, como as pessoas não sabiam ler, e de todo modo não tinham acesso a jornal, o que sabiam vinha pelo rádio a pilha. Assim é que o Seu Sinhô tinha ouvido alguma coisa no rádio e queria conferir, com os tipos urbanos que ali chegavam, se aquelas informações faziam sentido. Ele ouvia muito rádio, muito, todos os noticiosos em horários fixos ele conhecia. Ouvia, guardava e pensava sobre o que ouvia, para tentar construir um sentido. É de perguntar se nós, que vivemos hoje soterrados de informação, sabemos organizar as informações. Sabemos?

O velho Seu Sinhô era assim. E daí que naquele dia eu chego, eu com essa cara que tu tás vendo aqui, no meio da gauchada toda, negros e brancos. Eu te contei já do motivo por que ali tem negros e brancos misturados? Ah, então te conto antes de repassar a história do Sinhô, senão tu não vais entender direito o que eu vivi. O caso é que ali, naquela regiãozinha, um distrito de Caçapava, de fato havia alguns poucos negros proprietários de terra... Bá, acabo de me lembrar que eu já te falei disso. Não foi? Negros proprietários no meio do Rio Grande do Sul profundo, não o colonial esse em que convivem alemães, italianos, lusos, negros e tudo o mais, mas lá na tal região do pampa.

    Aí chego, estou ali enxergando o que eu posso enxergar, tentando acostumar os olhos com aquela variedade imensa de cores e atividades, quando o Seu Sinhô se aproxima e pergunta para quem está por ali, para todo mundo, para ninguém em particular, mas eu sinto que é para mim que ele dirige sua manha: "Eu ouvi falar de um tal de IBGE. Tem um tal de IBGE, não sei se é BGE, ou IBGE. Diz que fizeram umas contas, uns calcos, e aí diz que tem um hectare e meio para cada brasileiro". Diz isso e cala. Diz "calcos", e todos ali entendem "cálculos", naturalmente. Diz e espera o efeito da informação no meio daqueles homens – só homens por ali, estando as mulheres e crianças pequenas para o lado da casa, e os guris da redondeza entretidos com alguma bobagem ali pela volta, porque guri é um ser que se ocupa com movimento, como todo mundo sabe –, diz e cala. Seu Sinhô velho, sábio, diz e acende mais uma vez o cigarro de palha que fuma, e que se apaga a cada tanto.

Ninguém comenta nada, entretanto. Eu também não disse nada porque, ora, estava recém chegando e não ia me meter de pato a ganso, como se diz; os nativos não dizem nada, talvez porque saibam que o Sinhô está armando alguma arapuca desse jeito, jogando no ar um pedaço de informação que parece desconjuntada como se fosse uma isca, para algum incauto morder. E alguém morde, de propósito: alguém toma a palavra e pergunta pro Seu Sinhô, "Mas como assim, tio Sinhô, que história é essa de um hectare e meio para cada brasileiro?". Era a deixa que ele queria para largar a piada que decerto preparara antes, com paciência de artesão: "Pus eu também não entendi essa conta de um hectare e meio para cada brasileiro. Como é que pode um hectare e meio para cada um se hai tanta terra aí?" Diz isso e vira o rosto numa direção estranha para mim, para o lado oposto ao da casa que era sede da pequena propriedade em que ia transcorrer a festa toda da marcação.

Eu não sabia que aquela era a direção da fazenda Santa Ifigênia, uma megapropriedade de um figurão da cidade, aliás do estado todo, um sujeito que tinha sei lá quantos mil hectares de terra, só para pasto de gado, um sujeito que tinha sido deputado estadual e era um opressor local daquela gente, um sujeito que vivia pressionando os pequenos a venderem seus pequenos lotes só pelo prazer de agregar mais terras ao seu patrimônio, só pelo prazer de tirar aqueles pobres e pretos dali da redondeza, talvez para transformá-los irremediavelmente em empregados de suas terras, já sem aquela dignidade mínima que tem o pequeno proprietário. Daí que a conta de um hectare e meio para cada brasileiro parecia uma piada de mau gosto, que o velho Seu Sinhô transformava em provocação, ali, na vista de seus pares. Eu demorei pra entender o mesmo tempo que eu levei para entender, um pouco que fosse, o temperamento dessa figuraça.

Fico evocativo, talvez esteja te aborrecendo com essas lembranças. Estou? Quando me lembro da minha amizade com o velho Sinhô eu fico meio besta mesmo, tentando entender o que ele era, como pensava. No fundo, eu fico tentando boiar também na história dele, como eu gostaria de ficar boiando naquela cena em que a Janéti juntou todo mundo para não deixar ninguém fora de seu imenso amor.

Nem todos os brancos da região conviviam com os negros ali, mas alguns sim. O meu amigo filósofo não apenas era um amigo de seus amigos, negros ou brancos, como era um incentivador da integração social e mesmo econômica da regiãozinha com a cidade. Uma outra grande figura. Mas o que eu queria te contar é de uma do Seu Sinhô com ele, esse amigo. Nesse mesmo dia, nós ali ainda esperando a comida do meio-dia, de repente meu amigo filósofo pergunta para o velho: "Tio Sinhô, e o que é que o senhor acha do feminismo?" Pergunta à queima-roupa, para testar o velho. Pergunta que leva a uma espera, outra espera. Gaúcho, como tu deves saber, não responde de primeira, direto; prefere ir mais devagar, com algum rodeio, do mesmo jeito como se conduz os animais, com jeito e cercando, pelas beiras, pelas bordas, como se come mingau quente. E responde o Seu Sinhô, acompanhando um olhar vivo, de olhos bem abertos e brilhantes, um sorriso maroto levantando os cantos da boca: "Pus eu acho uma beleza, uma maravilha. Porque agora elas também querem!" E solta uma gargalhada sonora, de voz rascante de fumante velho, feliz com o acerto da piada que de repente explode no fim da sua frase. Velho sábio.

Foi numa outra ocasião que eu compartilhei com o Sinhô velho uma caçada de tatu. Se um agente do IBAMA me perguntar eu nego, porque agora dá cadeia matar tatu, pelo que eu ouvi. Mas naquela altura não era tão complicado ainda caçar e comer carne de tatu (mas já era proibido, parece). Caçada de tatu é interessante não para caçar o tatu, que resulta ser uma coisa meio bruta demais, mas para conversar com os que estão junto. A gente sai caminhando em noite de lua acho que cheia, com cachorro caçador de tatu – mas não me pergunta como é que se treina cachorro para caçar tatu. Só sei que tem cachorro que sabe acompanhar caçada de tatu. Vai um pessoal, naquele dia em que eu fui éramos uns dez ou onze, e um ou dois levam pás de corte na mão; a cachorrada é que fareja os tatus e os segue até as tocas. Aí, quando um cusco enxerga um tatu, corre atrás dele até a entrada da toca (eles aliás dizem "correr tatu" e não "caçar tatu"), e fica ali latindo, acuando, até chegarem os homens. Nessa hora um mais valente deita no solo enfiando logo o braço destro para dentro do buraco do tatu, para pegá-lo à unha. Se o tatu entrou e ficou de costas para a entrada, agarra-se o bicho pelo rabo mesmo; mas de vez em quando ele se vira lá dentro, e aí é ruim de jogo, porque se a gente pega na cara dele, ele morde e arranha, tentando naturalmente fugir, sobreviver.

Estou me desviando muito da conversa, e mesmo eu só vi uma dessas metidas de mão numa toca, uma apenas, e malsucedida, porque pelo jeito o buraco do tatu era muito fundo, e o tatu esperto se escondeu lá nos intestinos da terra. O que eu queria dizer é que naquela noite eu passei umas duas horas caminhando ao lado do Sinhô, assuntando com ele as coisas que ele conhecia e tinha visto. Começa que eu queria saber como é que ele tinha ganhado aquele apelido, que parecia apelido de antigos fazendeiros, eu disse, de provocação. Porque naquela altura eu já me dava muito bem com ele, e sentia que ele gostava de mim, não sei bem por quê – vai ver, é porque ele e eu somos intelectuais, e te digo sem nenhuma brincadeira. Afinal, o que é um intelectual senão alguém que tenta formular abstratamente questões concretas e não recua mesmo diante de temas complexos? Ele era quase analfabeto, mas isso quer dizer pouco sobre ser intelectual, neste mundo.

Sabe o que é que ele me contou, em resposta? Que foi o avô dele que lhe deu o apelido, quando ele era menino ainda. E por quê? Porque o avô percebeu que ele tinha um ar como o daqueles "sinhôs" de antigamente. Verdade, te juro. Que coisa, não é? Diz então que o velho avô dele chamava o menino, já fazendo uma provocação, dizendo "Vem cá, Sinhô", porque era um menino com ar de pensador, de inquiridor. Cara de intelectual vocacionado, digo eu. Só pode ser isso. Cara de quem olha para o mundo de cima de sua cabeça.

E que tal era esse vô?, eu perguntei. "Ah, o velho meu avô tinha sido cativo ainda. O senhor sabe, do tempo dos cativos. Ele era artista, por isso apanhava pouco. Ele tocava um instrumento, ele tocava o aricungo. Aí divertia o pessoal dele, os parentes e amigos, os cativos daquele tempo, noé?" Ele dizia "cativo", não "escravo". Eu já imaginando o velho avô dele, nascido escravo e vivendo numa fazenda gaúcha, e apanhando menos do que os outros porque era artista. Tocava aricungo. Eu comentei que devia ser uma bela história a do avô dele; quis saber se ele tinha convivido com o velho; quis saber o que era o aricungo; quis que ele não parasse de falar, de contar, de me levar ao passado, àquele passado tão obscuro de nossa vida, da vida brasileira, o mundo dos negros escravos e dos negros que vieram depois. Disse tudo isso para ele, pedindo explicações e tentando não ser aborrecido, nem atropelá-lo com as minhas perguntas.

Ele tinha convivido pouco com o vô, talvez só o suficiente para ganhar o apelido. Parece que o velho morrera quando o Seu Sinhô tinha menos de dez anos. Ele só sabia isso: que ele era artista e que apanhava menos que os outros. E eu pergunto agora: o Seu Sinhô dizia isso com orgulho? Dizia com saudade? Não sei dizer. Talvez, como todo mundo que vai ficando velho e se dá conta disso, ele também estivesse se apercebendo que o tempo passa muito rápido e a gente não consegue reter tudo o que mais tarde descobre que seria importante ter retido. A gente vai se dando conta de que deixou de perguntar coisas, de prestar atenção em certos gestos. Penso nos meus avós e me dou conta disso, eu mesmo, agora. Faltou perguntar o que é que as coisas significavam para eles, não para imitá-los, mas para ter uma referência íntima dos valores. Não é? Noé?

Mas um mistério pelo menos eu queria resolver: o que era mesmo o tal "aricungo". Insisti com o Seu Sinhô, querendo que ele dissesse como era o instrumento de seu avô. Era de bater? Era de corda? "Não sei, nunca vi", foi o máximo que ele disse, meio triste por saber que me decepcionava com essa falta. A palavra ficou ecoando na minha cabeça por bastante tempo, mais de um ano talvez. Aricungo. E sabe como é que eu descobri?

Aqui tem outro ramo dessa história, que parece que não acaba nunca, talvez tu não tenhas mais nenhuma paciência. Só que a vida não é em linha reta, me desculpe. A vida é real e de viés. A frase não é minha, é de uma canção do Caetano Veloso, e é muito boa. Uma vez eu até quis publicar um livro de contos com esse título, mas o editor achou que não tinha cabimento, que ninguém ia entender, e que ia complicar ainda mais a vida do livro, que já não ia vender muito mesmo por ser conto. Essas coisas, essas concessões que o sujeito vai fazendo. Mas de todo modo eu não pretendo retificar a vida, muito menos vidas tão cheias de voltas e meandros como estas que eu estou aqui lembrando. Vidas tão interessantes, por isso mesmo.

Ocorreu que, um tempo depois dessa corrida de tatu, eu convidei o Seu Sinhô para vir até a capital, aqui mesmo, esta Porto Alegre em que nossos pés pisam. Ele já tinha vindo aqui uma vez, quando tinha uns vinte anos, segundo me contou. Veio para acompanhar seu pai, que passou uma temporada na Santa Casa, e isso no tempo em que a Santa Casa era um depósito de gente pobre, era um lugar que exalava podridão, um hospital que era impossível de freqüentar. Sei disso de perto, porque eu trabalhei lá uma época, como voluntário. Mas dessa história eu vou te poupar agora, porque aí seria demais. O caso é que o Seu Sinhô tinha vindo a Porto Alegre apenas essa vez, uns quarenta anos antes da vez em que eu o convidei. Imagina isso: um sujeito que vive na sua localidade, vai uma vez ou outra à sede do município, e conhece apenas mais alguma cidade ali da região mesmo, e de repente, com mais de sessenta anos de idade, vai a uma cidade dessas que a gente sabe como são, dezenas de milhares de prédios, centenas de milhares de pessoas, sei lá quantos milhões de lâmpadas acesas a cada noite, para rivalizar com as estrelas ou para apagá-las, sabe-se lá. Um sujeito assim vem a Porto Alegre, de que ele lembrava apenas umas coisas fugidias: uma rodoviária cheia de gente, ele percebendo que ninguém se vestia como ele, nada de bombacha, nada de lenço no pescoço, uma caminhada breve mas confusa até um hospital, sempre dependendo das informações dos outros, desconhecidos com quem ele mal trocava umas palavras, todos parecendo a ele apressados, ninguém lhe sorrindo ou puxando assunto com ele, nem uma alma que perguntasse se ele estava precisando de alguma coisa, nenhuma pessoa que se interessasse por saber de onde ele vinha e qual era seu destino.

E uma lembrança precisa, ao lado dessas imagens esfumadas: um sujeito que se aproximou dele de maneira que lhe pareceu perigosa, de tal forma que ele saiu correndo por uma avenida, na direção que lhe tinham apontado ser o hospital, para fugir ao que pareceu ser uma tentativa de assalto. Lá em sua Caçapava já o tinham alertado, fizeram questão de prevenir o então jovem Sinhô que não deixasse ninguém se aproximar, porque assaltavam mesmo, roubavam tudo. Seria mesmo um ladrão, naquela vez? Quem pode saber. Provavelmente sim, porque gente inescrupulosa que rouba interioranos de passagem na capital existe bastante. O cara se aproximou por trás, permanecendo sempre num ponto cego para o Sinhô, que virava a cabeça para ver se havia alguém e, mesmo tendo certeza que sim, nunca o divisava claramente, o rosto escapava sempre. Acelerou o passo, girou a cabeça para a esquerda, e o sujeito pendia o tronco para sua direita; fez o movimento para o outro lado, o sujeito pendia para a esquerda. Sabe-se lá. Foi uma, foram duas, e na terceira o passo virou trote, a maleta imprensada entre o braço e o lado do corpo, as bombachas fazendo barulho ao vento. Não ia facilitar.

E isso era tudo o que ele conhecia de Porto Alegre até então: a rodoviária, o hospital e a lembrança de um talvez quase assaltante. Até que eu o trouxe aqui muitos anos depois, dessa vez que quero te contar, e o trouxe de carro.

Foi uma epopéia silenciosa, uma revolução

sem alarde, a vinda dele comigo. Não me vanglorio nada, não é isso: eu fico recompensado por pensar que ofereci a ele, um filósofo, a oportunidade de ter mais material empírico sobre o qual pensar. Materialzaço: uma grande cidade, para ele uma megalópole maior do que qualquer outra que ele pudesse imaginar. Porto Alegre, esta que para nós tem este ar meio angelical, meio familiar, meio provinciano, e que para ele era o insondável universo.

Tu calcula o seguinte: nós chegando da estrada que vem do sul do estado, portanto cruzando a ponte do Guaíba, lá por umas sete ou oito da noite, depois de três horas e meia, talvez quatro horas de viagem. Estamos cruzando a ponte e a cidade ali, ao alcance dos olhos, estendida na beira do rio com suas luzes lindas, amarelas e brancas, um *skyline* sem os agudos picos nova-iorquinos mas com a insinuação de segredo e intimidade de qualquer vista panorâmica de cidade à noite. Cidade iluminada, cidade noturna, cidade de ninguém, cidade de todo mundo. Seria como eu chegar a Nova York pela mão de um local de lá, disposto a me apresentar gentilmente ao monstro, de forma que todas as minhas cautelas pudessem ficar dormindo no fundo da mala. Entrar confiante na cidade, sabendo que ela não faz mal para quem a conhece.

Nós chegando pela estrada, vendo a cidade à direita, o reflexo dela no rio, e, para total espanto de todos, um avião desliza exatamente por cima de nós, fazendo no ar o mesmíssimo traçado da ponte, em direção ao chão do aeroporto, que fica logo ali, tu sabes. O Seu Sinhô é que viu primeiro, sei lá como. Ele estava do meu lado, no banco do carona, cinto de segurança reduzindo aquele velho forte a um traste magro atado ao encosto. Ele vê as luzes, ouve o som, e o bicho alado como que afunda à nossa frente, descendo e piscando. Feliz? Feliz. E diz ele, "Bááááá, até parece que viero nos receber", e gargalhada solta.

Foi tanta coisa nesses dias, poucos dias de Porto Alegre, que nem sei te dizer qual a mais importante. Já te conto a do aricungo, não esqueci; antes, te conto da primeira manhã dele na cidade. Porque nós chegamos na minha casa, um apartamento simples num prédio que era um trem enorme, na verdade uma série de pequenos prédios construídos numa abertura de morro, o interior de uma antiga pedreira desativada havia anos; comemos qualquer coisa e já fomos dormir. Antes, eu me lembrando dos hábitos lá do interior, acordar cedo, fazer mate, essas coisas, mostrei ao Seu Sinhô onde estavam a erva, a cuia, a garrafa térmica e principalmente como se acendia o fogo naquele fogão a gás – sim, porque eles lá usavam fogão a lenha, e nem era o fogão desses de ferro esmaltado; era uma chapa comprida, com os furos para as panelas, tudo isso colocado numa construção artesanal de pedra e cimento. Imaginei logo que ele teria alguma dificuldade para manejar o a gás, na manhã seguinte, no primeiro mate do dia.

Na verdade, o tempo todo, nessa vinda dele à cidade, eu ficava medindo as palavras, as perguntas, as respostas, para não ser nem excessivo, nem avaro. Não queria me antecipar às perguntas dele, que poderiam ser mais importantes do que qualquer explicação antecipada. Mais importantes para ele mas também para mim: uma boa pergunta ilumina mais do que toda a ciência já feita. Já pensou o quanto eu poderia aprender dele, pelo jeito de ele ver as coisas?

Fui para a cama, exausto. Com a impressão de haver apenas deitado, ouvi barulho na janela da sala. Acordei e entendi, ainda sonolento: era o Seu Sinhô que tentava levantar a persiana, sem sucesso, porque ela caía quando ele soltava a fita de comando. Eu tinha esquecido de dizer pra ele que precisava um leve puxão para fixar a persiana no alto, de forma a ver a luz do dia, que por sinal mal despontava, naquela manhã de verão. Pensei que devia levantar, porque era melhor acompanhá-lo sempre. Por mim e por ele. E foi o que fiz: levantei, fui até a sala, saudei o velho, que estava sentado bem na ponta do sofá, com uma cuia de mate na mão. Bom dia, dormiu bem? Sim, senhor, e o senhor?

Olho na volta e não vejo a garrafa térmica com a água. Nisso ele termina seu mate, ronca a cuia, levanta e se dirige à cozinha, em busca da água para me servir. Vou com ele e constato: ele deixara a chaleira com a água quente na beira do fogão, sobre a grelha. Na singeleza de sua ciência, imaginou que poderia repetir ali o que fazia em seu fogão: como a chapa, lá, ficava quente mesmo depois de acabado o fogo maior, bastava deixar por ali a chaleira, para manter o calor; mas ali, na minha casa, ele não sabia que se tratava de um fogo frio. Fogo controlado, fogo da cidade, fogo meio sem caráter. Eu ri um pouco e disse isso mesmo pra ele, que aquele fogão fazia um fogo meio frio, que precisava usar a térmica. Ele riu, disse que tinha lembrado da térmica mas não tinha achado necessário. Rimos, nos olhamos. Um velho derrotado pela técnica moderna. Um velho aprendendo uma coisa que lhe seria perfeitamente inútil, a não ser, talvez, como matéria de lembrança, de um causo futuro, de uma graça para algum ouvinte.

Vou terminar esta conversa, porque preciso voltar à Janéti, não esqueci dela nem por um momento, não te preocupa. Só vamos ao caso do aricungo, a resolução do mistério. Aconteceu que eu por essa época freqüentava um bar que servia refeições e no qual eu matava a fome muitas vezes. Era meio perto de casa, e os donos e atendentes tinham aquela gentileza suburbana e afetuosa de gente simples, o que me agradava. Ainda mais que respeitavam sempre que eu queria ficar no meu canto, apenas lendo ou anotando coisas. Levei o Seu Sinhô até lá, numa noite, para comer e tomar uma cerveja, para espairecer, para ele ver um naco da noite, por pequeno que fosse, ou da Noite, com maiúscula, como uma entidade autônoma, uma divindade que a juventude cultua. Sentamos numa mesa de rua, algum movimento de passantes e carros, e logo um atendente que trabalhava por ali naqueles meses veio até nós. Era o Piauí, um negro de seus vinte anos, vinte e poucos, que era chamado assim porque era do Piauí mesmo. Era um andarilho, percorria o país e queria ir por toda a América, em busca de aventura e de conhecimento. Trabalhava por temporadas, juntava o dinheiro da passagem e da comida para os primeiros tempos numa nova escala, e se mandava. Estava em Porto

Alegre havia já uns três ou quatro meses. Uma bela figura humana, engraçado, conversador, animado, interessado. Sempre que eu aparecia por lá ele vinha, me servia como garçom e me inquiria como aluno ou filho. Queria ler o que eu estava lendo, queria livros emprestados, queria sugestões de cidades para conhecer. Queria tanto porque queria o mundo todo, e talvez quisesse apenas um dia retornar à terra natal, uma praia pequena do litoral, do curto litoral do Piauí.

Chegamos, e o Piauí nos atendeu sorridente. Talvez tenha estranhado que eu estivesse com um negro velho ao meu lado; certamente Seu Sinhô estranhou que eu conhecesse com aquela intimidade um sujeito tão raro como o Piauí. Um tempo depois, em outra ida minha à terra e à casa do Seu Sinhô, eu o vi contar com grande orgulho que em Porto Alegre era normal ser amigo de negros, tanto que eu tinha o Piauí como amigo. Orgulho senti eu, claro. Mas enfim, chega o andarilho, eu apresento os dois, que se olham com carinho, e ficamos ali de papo. Pedi uma cerveja, pedi alguma comida. Me lembro de sugerir ao Piauí que ele mostrasse ao Sinhô, que vinha de longe e estava de visita, um pouco da arte dele. É que eu já tinha visto o garotão dançar ou, como se diz entre eles, jogar capoeira, ele fazia isso com gosto para a freguesia, era até uma maneira de ele induzir a freguesia a dar uns trocos a mais, eu imagino. Ele me piscou o olho e arrancou lá para dentro do bar. E voltou portando na mão o berimbau, que ele tocava lindamente.

Tu já adivinhaste o resto, não? Pois chega o Piauí com o berimbau, um berimbau vistoso e sonoroso, o Seu Sinhô levanta da cadeira, aponta o dedo e diz: "O aricungo!". A voz tinha espanto pela surpresa, o olhar tinha a felicidade pelo reencontro.

Sei lá o que eu pensei na hora. Nunca saberei o que pensou o Seu Sinhô ao reconhecer o instrumento. E pode até ser que o avô dele não tocasse apenas berimbau, tudo é possível. Aliás, nem tudo, porque eu cheguei em casa, nessa mesma noite, e tive a idéia que já podia ter tido: consultar algum livro sobre o tema. Qual livro? Podia ser um dicionário decente qualquer, mas eu fui no mais específico: Mário de Andrade, *Dicionário musical brasileiro*. Lá está: "Aricungo (s.m.) – Variante vocabular de urucungo. V. berimbau". Fui a "Berimbau" e lá estava uma longa descrição funcional e histórica do que nós sabemos o que é. Aricungo, urucungo, berimbau. Mundo negro escravo, cultura negra andando sabe-se lá de que jeito pela geografia do

Brasil, até chegar ao pampa e livrar a cara do avô do Seu Sinhô dos rotineiros maus-tratos contra os escravos. Escravos que estavam a apenas umas décadas de distância de mim, do Seu Sinhô, do Piauí.

Entendeu por que é que eu acho o fim da picada alguns escritores e acadêmicos deste nosso tempo defenderem suas convicções tolas de que não há mais o que contar e não sei o que mais? Mas tchê, o mundo continua cheio de mistérios!

Três

— Depois das tantas coisas que escrevi, agora fico aqui balançando entre a história da Janéti e a do Seu Sinhô. Não tem muito cabimento. Se eu fosse mais rigoroso comigo mesmo ou mais manhoso em matéria de mercado, nesse caso levando em conta os gêneros de prestígio e o leitor médio e tudo o mais, devia entrelaçar as duas trajetórias, para chegar em algum ponto de tensão que parecesse ao leitor como uma coisa irresistível, que o deixasse totalmente na minha mão, de tal forma que ele não largaria a leitura antes da última linha, quando a tensão se dissolveria num desfecho forte, ou apoteótico ou irrisório. Digamos que eu podia agora começar a insinuar que o Seu Sinhô é pai da Janéti. Mas só insinuar, sem dizer tudo. O pai dela, um sujeito meio filósofo, de quem o leitor acabou de se tornar um admirador por sua singeleza, por sua condição de negro pobre, pela circunstância de ser neto de escravos, e por sinal neto de um escravo que não apanhava tanto quanto os outros pelo raro fato de tocar um instrumento chamado aricungo, que só bem depois o narrador descobre, junto com o protagonista, tratar-se do conhecido berimbau. O pai dela passaria então de herói anônimo, autêntico e ideal, contraposto a tudo o que de nefasto há neste mundo dominado pela mercadoria – o "poder dissolvente do dinheiro", como disse o velho e sábio Marx –, este pai dela virando então, na percepção do leitor, um crápula, o cúmulo do patife, capaz de dar seus filhos, de abandonar os próprios filhos.

Valeria a pena eu trilhar por aí esta história, esta fascinante história dupla? Pode ser. Mas aí tem o outro lado, o aviso de todos os sábios que já se meteram a pensar sobre arte, sobre ficção, sobre suspensão da descrença. Como o Guimarães Rosa, que botou na boca do Riobaldo uma filosófica sentença: Riobaldo conta uma história para seu ouvinte, especula sobre o que poderia ter acontecido, e daí anuncia que não ocorreu nada do que ele tinha cogitado ali, naquela conversa, porque a vida real "acaba com menos formato". Perfeito. O formato da vida real não dá pra enxergar; por isso a gente faz ficção, pra poder ajeitar a vida para a fotografia, como os mais velhos faziam com as crianças, pente cuidadoso nos cabelos, ou pelo menos uns dedos percorrendo a grenha para dar um aspecto de arrumação, a gola no lugar, convite ao "xis". A foto da vida. A fotografia que talvez perdure e diga lá para os do futuro como é que era, mais ou menos, esta vida aqui. A vida ajeitada de modo a ter uma forma, a se tornar visível.

Porque o Sinhô não é pai, nem avô, nem parente da Janéti. É um negro como ela, da mesma região geográfica e histórica dela, pobre como ela, gente boa e correta como ela; mas ele ficou lá até sempre, enquanto ela migrou com os pais e os irmãos para a cidade grande, e à sua maneira decifrou a cidade, que continuou sendo um enigma à distância para o velho Sinhô.

Uma alternativa que eu pensei, para represar na superfície da página um pouco da força das histórias deles dois, seria assim: o primeiro irmão da Janéti, aquele que se chamava oficialmente Airton mas ela chamava de Jorge nunca se soube por que, teria se transformado num adulto problemático. Ficou junto com a família, na vila pobre da Grande Porto Alegre em que viviam pais e irmãos, até os dezessete anos, apenas e não mais. Terminou a

5ª série só por insistência especial da Janéti, que nessa altura também queria estudar mas precisava ficar em casa para cuidar com a mãe dos irmãos mais novos, os outros seis, incluindo Airton, o Jorge, que sabia ler e escrever direitinho e resolveu que era suficiente para encarar o destino. Imagino que ele não tenha pensado sobre sua vida nesses termos, "encarar o destino", que parece coisa meio metafísica, e ele era totalmente chão, terra-a-terra, interessado apenas nas coisas que se podia alcançar com a mão. Enquanto a Janéti, que não podia estudar por causa do trabalho, vivia prometendo que ainda ia ser professora, nem que demorasse muito tempo, o Airton queria um emprego fixo e uma namorada fixa, apenas isso. Já se arranjava fazendo algum serviço eventual, um bico, um cabrito, como se diz. Mas queria a carteira assinada, o "décimo", que é como se chama entre a gente simples o 13º salário. Se o emprego ia ser melhor ou pior, se envolveria trabalho braçal ou não, pouco importava; se a namorada ia ser negra ou mulata ou branca, se seria estudada ou não, tanto fazia. Airton era um Sancho Pança, mal comparando, perto do Dom Quixote que era sua irmã mais velha.

 Resultou que, por conta dessa vontade de satisfação imediata, Airton começou a preparar sua saída da casa da família, e curiosamente passou a se apresentar em todos os lugares como Jorge. Inclusive para a primeira namorada, que arranjou logo por ali perto mesmo, Rosa, nome que a moça compartilhava com uma das irmãs mais novas do próprio Airton, quer dizer, do Jorge. Se empregou com carteira e décimo, como peão numa obra que ficava a uns poucos quilômetros de sua casa, e no primeiro salário cheio comprou uma bicicleta, que foi sua redenção. Não tinha até então explicitado nenhum conflito mais sério com pai ou mãe ou Janéti, mas era visível que estava se sentindo certo, certíssimo ao sair de casa para fazer a vida, antes mesmo de completar os dezoito. Arrastou a Rosa em seu projeto, e foram morar numa peça nos fundos da casa da mãe dela; viveram algum tempo naquela felicidade sem nome que cabe a quem não pensa muito, e muito menos sonha alto.

Não vou inventar aqui todos os detalhes desta história, porque não se trata de um romance detalhista. O certo é que o Jorge precisou servir ao Exército, quando então voltou a se chamar oficialmente Airton, que era seu nome de batismo e de registro civil, e então conheceu muito mais coisas da vida urbana. Começa que no quartel, por ter estudo bastante, aprendeu a bater à máquina, o que naquela altura era uma habilidade essencial para o mundo da burocracia e da administração. Tirou carteira de motorista, o que poderia valer ouro, no futuro. Virou então um funcionário. Um seu companheiro de armas, farras e tristezas no quartel, que se transformou em amigo e mais adiante em cunhado, era ligado ao mundo do carnaval, e levou o Jorge, mais Jorge do que nunca, a penetrar num reino novo, em todo um planeta inédito para ele: muita gente, muitos negros como ele, organizações complexas, redes de amizade e trabalho, escolas de samba e associações de amigos, oportunidades de trabalho e de sexo, as coisas objetivas que Jorge prezava muito, desde que era Airton, irmão da Janéti. Precisa pouco pra tu imaginares o que vem na seqüência: o Airton sai do quartel e larga a Rosa, que fica morando lá na vila com sua mãe, e o Jorge começa a morar de favor na casa do amigão novo esse, o do samba, o de Porto Alegre.

Esta não é uma narrativa para ficar tirando moral apressada, calma aí. Eu não quero condenar o cara, que recém está sendo construído aqui, na tua frente, com esses fiapos de informação. Não quero deixar entendido ou subentendido que Jorge era um patife, porque não era. Tratava-se de um sujeito correto, cumpridor, mas que queria as coisas, poderia dizer que ele desejava a carne das coisas. Entende? Queria porque queria, não havia projeto, planejamento, estratégia: algo aparecia na frente dele, ele considerava e, se lhe parecesse, passava a querer. Nada de demasiado, nunca foi ladrão, tinha limites éticos sólidos, fruto mais da convivência com a Janéti, uma fortaleza, do que do exemplo frouxo do pai, que nem entrou nesta história, nem vai mesmo, porque não renderia muito. O pai, um trabalhador tosco, totalmente à mercê das coisas e das pessoas. Por sorte dele, quem mais comandava sua vida era a Janéti mesmo, e ela era boa e correta. Então Jorge, desde que era apenas Airton, queria as coisas que se apresentavam e que estavam a seu alcance. Foi nessa levada que deixou a Rosa, sem rancor nem culpa, e abraçou a nova vida.

Nova vida que o levou, sem preparo específico, ao mundo da escola de samba freqüentada, apoiada e até mesmo dirigida algumas vezes pela família de seu parceiro de quartel. Jorge então já usava um terno sem gravata, já tinha um ar de cidadão escolado, hábil no manejo das relações sociais, boa conversa, mãos sem calo. Começou, com apoio de todos os da família, a namorar a Rossana, bom nome, talvez parecido demais com o nome da mulher anterior; Rossana, irmã do parceiro, que subiu para cunhado bem nessa hora. Já então Jorge fazia uns bicos como mandalete dos diretores da escola, *office-boy*, mas também escrevia cartas para os relacionamentos formais da escola, para a prefeitura, para a polícia, para o setor de turismo do estado, essas coisas. Por isso tudo, foi nomeado Diretor de Relações Públicas da escola de samba. Cargo que não tinha salário fixo, mas que lhe rendia uma parte do dinheiro da copa, onde se vendiam bebidas e alguns comes nas reuniões da diretoria, nos bailes de meio de ano e, mais que tudo, nos ensaios para o desfile, que começavam já em outubro e iam naturalmente até o carnaval, em fevereiro. Jorge passou a ganhar bem, bastante bem. Era esquema fechado na palavra, sem contrato nem nada, mas que os que cuidavam da copa sabiam que deviam respeitar: dar os 5% para o Seu Jorge, sempre. E o Seu Jorge lhes dizia que nada de chamar de "Seu", era Jorge mesmo. E casou com Rossana, incluindo cerimônia na igreja e no terreiro, a que ele também ia, para contentar a família nova.

Até aqui, não tem nada de "adulto problemático", que eu mencionei antes; mas agora vai ter. Foi na condição de Diretor de Relações Públicas que eu conheci o Jorge. Como assim "conheci"? Ah, é uma outra longa história, que não cabe aqui.

O certo é que eu conheci o Airton, que na vida real tinha outro nome e não era Jorge; eu estou deslocando uma história individual para dentro de outra coletiva, entregando a primeira à segunda, para que faça sentido. Como na vida real as coisas não têm formato mesmo, eu posso tomar essa liberdade, e logo tu vais ver que os fatos encontram sua harmonia, a harmonia possível.

Conheci o Jorge pela mão de um amigo, que por acaso o conhecia e me disse, numa determinada noite de verão, em que íamos mesmo tomar um chope em alguma parte, jovens que éramos, à procura da mulher ideal dos vinte e poucos anos, que haveria um ensaio especial de uma escola de samba, cuja sede ficava na rua tal, na altura tal. Mulher lá? Pode ser. Mas o principal era dar um alô para o Jorge, amigo, etcétera. A amigo um amigo não nega tal parceria. Fomos.

Não sei se tu sabes, mas eu sempre durmo oito horas por noite, preciso disso, e nem quando tinha os tais vinte e poucos anos gostava de sonos curtos, nem de atrasos longos demais no meu ritmo de vida. Não me importava de dormir de madrugada, mas sim me incomodava com jogadas do tipo "A festa começa às dez" e começava à meia-noite. Foi o que aconteceu, era um ensaio anunciado para as nove da noite, e nós lá chegamos mais ou menos por aí; havia pouca gente, na verdade nem vinte pessoas, numa quadra de ensaios que comportaria talvez quinhentas. Era a céu aberto, com um palco coberto precariamente, e embaixo dele uma copa anunciada por uma placa pintada a mão, contra a qual se dirigia uma luminária de luz menos forte do que eles desejariam. Nada de mulatas lindas, de samba envolvente, de sensualidade. Tudo isso parecia estar reservado para outra hora, talvez outra gente. E o que é que se faz num lugar assim, em circunstâncias assim? Ir embora era uma alternativa séria; esperar, talvez.

Estávamos nessas considerações, meu amigo e eu, quando lá da copa veio caminhando em nossa direção um sujeito de terno, sem gravata, enorme sorriso, que parecia ocupar a cara toda, braços abertos. Era o Jorge, como eu logo saberia. Apresentações, lembranças compartilhadas deles dois, "Mas que bom que tu vieste", o Jorge caprichava na concordância, "Mas imagina se não", gentilezas, "Aqui o meu amigo, escritor, não sei se te falei nele", "Imenso prazer e honra para a nossa escola", "Prazer meu", "Tomamos uma cerveja?", claro que sim.

Eu não sou de duvidar das minhas primeiras impressões. Sou partidário daquela máxima do

Oscar Wilde, grande cínico, de que é preciso ser muito superficial para não acreditar nas primeiras impressões. Porque elas são profundas, claro, porque elas correspondem a intuições que vem lá dos abismos da percepção. A frase dele é "It is only the shallow people who do not judge by appearances", literalmente "Só gente superficial não julga pelas aparências", que tem o mérito de fazer a sutil mas ótima oposição entre o superficial e o aparente. Não quero ser pedante, mas para ser mais preciso olha aqui no dicionário: tem uma diferença entre "superficial" e "shallow": o primeiro é o sujeito que fica na superfície das coisas mesmo, enquanto o segundo, que é o mencionado pelo Wilde, é o sujeito sem conteúdo, sem capacidade intelectual, sem profundidade de percepção das coisas.

Enfim: o certo é que eu olhei para o Jorge e não vi nele apenas o Airton antigo e renegado, ainda que eu não soubesse dessa troca voluntária de nomes; também enxerguei nele uma pessoa ao mesmo tempo capaz de engambelar muitos com seu sorriso e incapaz de esconder, especialmente nos olhos, uma tristeza descomunal, uma tristeza ancestral, uma tristeza sem cura. Não sou psicólogo, até já pensei em me chamar priscólogo, especialista em coisas priscas, coisas antigas, mas deixa pra lá; não sou psicanalista, nada disso, de brincadeira podia ser priscanalista, sim; mas enxerguei nele um suicida. Não me pergunta por que nem como; vi nele o sujeito que ia se matar em pouco tempo. Chamemos de intuição, de sexto sentido, de palpite, de premonição; eu nessas matérias me movimento mal e não faço questão de aprender muito.

    Nesta altura eu poderia reatar um dos fios deste relato, promovendo um encontro entre o Jorge, agora nessa situação prestigiosa, integrada, ele casado de novo, sua Rossana quem sabe até grávida, com a Janéti, lá na cidade-dormitório em que ela vivia ainda, na mesma sina de criar seus irmãos e gerir seus pais. Janéti também está grávida neste momento, de um homem que apenas a engravidou, ação desacompanhada de amor ou carinho superior ao momento do sexo. O cara não vai assumir a criança, que será uma daquelas filhas que anos depois a Janéti levará até sua terra natal, para apresentar sua história à nova geração, sem sucesso, como já te contei. Jorge vai até lá depois de mais de ano sem aparecer nem fazer contato; pede protocolarmente a bênção ao pai e à mãe, saúda a Janéti com um cumprimento que apenas prende as pontas dos dedos de um às pontas dos dedos de outro, sem calor, sem relações públicas, sem urbanidade.

Ele é Airton de novo, se deixa chamar assim, não reage. Nem conta nada de específico sobre o que faz e o que tem; o pai, de olhos no chão, não argúi nada; a mãe, olhos postos no filho, quer perguntar mas não sabe se pode, se deve, se cabe; Janéti é que especula, "Tudo bom contigo?", ele "Sim, indo, e vocês aqui?", a irmã "Naquele jeito, como Deus quer e a Virgem permite", e isso que a Janéti nem é tão crente assim, a frase sai mais pelo costume, "Bom", diz ele. Janéti já prepara um mate, que estende ao irmão, que toma a cuia e reconhece o calor na palma da mão e na boca, num sabor antigo que ele não ativa com a freqüência que, agora percebe, lhe traria um bom prazer simples. Está em preparação na cabeça dele uma declaração grave, a de que ele está com a mulher grávida, aliás, de que ele tem uma nova mulher, primeiro, e que ela está grávida, segundo. Que ele tem dinheiro para sustentar o nenê que vier, e que a cidade não o engoliu. Que ele tem amigos, relações, conhecimentos. Está em preparação a frase, mas não encontra o caminho de saída. É um pouco a voz que parece estar fora do comando, outro pouco a respiração que parece não obedecer ao ritmo necessário, outro pouco ainda as palavras que parecem em desacordo entre si e com a situação, na penumbra da cozinha da casa em que ele passou parte grande da vida.

Permanece mais uns momentos ali, tempo para a mãe dizer que ele está bonito com aquela roupa, tempo em que o pai permanece sem olhar para ele nem para ninguém ali presente, tempo em que outros dos irmãos aparecem, saúdam o irmão mais velho e ou se acomodam por ali mesmo ou retornam para a parte do mundo de que vieram. Sem conseguir contar a notícia que germinava sem forma em sua cabeça atônita e em seu coração atrapalhado, levanta, se despede fracamente de todos, a mãe lhe dá um beijo na testa, que ele havia abaixado diante dela, ele diz "Bença" muito baixinho, o pai e ele trocam um aperto levíssimo, brevíssimo, entre os dedos, a Janéti bota a mão direita nas costas do irmão, como que o conduzindo porta afora da cozinha, pelo lado da casa, em direção à rua. Na cerca, trocam de novo aquele aperto de dedos e ele diz, rápido para não doer em ninguém, "Vou ter um filho, mando avisar quando ele vier", tempo em que olha nos olhos da irmã, e logo os abaixa, e logo torce o corpo, e logo encontra o ritmo do passo no rumo da parada do ônibus.

Vai-se embora o Airton, tentando recuperar o Jorge que ele passou a ser. Jorge, que vai ser pai, marido de Rossana, Diretor de Relações Públicas da escola de samba, beneficiário de parte da renda da copa da quadra de ensaio; Jorge, que sabe bater à máquina, que anda pelo Centro com a intimidade de um filho da cidade, que escreve cartas para o setor de turismo, "Excelentíssimo Senhor, Queira receber nossos cumprimentos na oportunidade em que nos dirigimos a Vossa Excelência para". Sobe Jorge no ônibus querendo retornar logo para sua casa, para o calor de Rossana e para o sonho do filho. Mas aí o destino o encontra.

Como encontra? Posso pensar em várias alternativas, tentativa de assalto mas com morte casual, acidente do ônibus, atropelamento dele quando cruzava a avenida perto da rodoviária para pegar o segundo ônibus, que o levaria enfim de volta à casa. Aliás, aqui se encaixaria perfeitamente um outro laço com o que já te contei: Jorge morto perto da rodoviária, em simetria com a tentativa de assalto que permaneceu por toda a vida na lembrança do Seu Sinhô. "A la realidad le gustan las simetrías y los leves anacronismos", sábia frase do Jorge Luis Borges, perfeita frase do Borges. Seu Sinhô foi poupado pela Cidade, mas não assim o Jorge; a Cidade não perdoa qualquer um, a Cidade não acolhe a todos.

Morte casual: o assaltante não queria atirar, nem era tão comum matar naquela época como agora é, a vida ficou mais banal, mais barata, mais trivial. O assaltante queria mesmo era assaltar, pegar o dinheiro daquele jovem negro bem apessoado, com terno, sem gravata, sem ostentação alguma mas com aspecto de bem-sucedido. Se o assaltante tivesse um pouco de consciência histórica, sendo ele um negro também, talvez filho e neto e quem sabe mesmo bisneto de negros urbanos, enraizados na vida da cidade desde os tempos da construção da antiga igreja de Nossa Senhora do Rosário, aquela que foi derrubada nos anos 1970 para erguer um edifício idiota e inútil cuja construção exigiu a derrubada das paredes que se candidatavam a alcançar a marca centenária, destinadas ao futuro, como selo do esforço de tantos escravos e ex-escravos que se empenharam em erguer o templo como forma de organizar o agradecimento que eles julgavam vir do céu, pela mão da Senhora – se o assaltante tivesse um pingo de consciência histórica talvez pudesse chegar a pensar que um negro, ainda que com aparência de bem-sucedido, não merecia nem ser assaltado, muito menos ser assassinado por um outro negro. Mas o assaltante e assassino não tinha nada disso e simplesmente matou, por descuido, por desaviso, por destino.

Mata Airton, vulgo Jorge, que deixa uma esposa grávida, Rossana, e um trabalho que nem chega a ser um emprego, o de Diretor de Relações Públicas da escola de samba, além de família numerosa, que o pranteia. Que o prantearia, quando soubesse, se chegasse a saber. Mas não ocorrerá tal, pelo singelo motivo de que não foi essa, nem então, a morte de Jorge. Ele se matará mesmo, voluntariamente, uns dias depois, com um tiro de pistola na boca, com o cano virado para o cérebro. A arma não era dele; ninguém poderia imaginar que ele poderia dar cabo de sua vida desse modo grotesco, sujo, ensangüentado.

Foi assim, de modo inesperado, que foi encontrado o corpo desse meu personagem, irmão da Janéti, pai do futuro menino Jéferson, nome de que a mãe, Rossana, fez questão. A propósito, foi na hora de desfechar a tramitação da burocracia em torno da morte do marido que ela deparou com a verdade definitiva sobre o nome dele, que era Airton mas se apresentou como Jorge, e assim foi amado, e assim foi enterrado. Fim de uma vida sem formato.

Nessa hora, seria um alívio poder convidar o Seu Sinhô para passar uns tempos com a Rossana, não aquela que vai ter o Jéferson dali a uns meses, mas a jovem desamparada pela estupidez da vida; não a menina que desde criança sabia sambar e encantava a todos, mas a menina que em seu colégio uma vez viu, sentiu, distinguiu no olhar de alguma colega a força do preconceito contra os negros, ela que não era pobre e por isso não sofreu o outro preconceito em geral associado àquele, na experiência diária do Brasil. Seu Sinhô poderia talvez ser o avô rural e remoto da Rossana, poderia quem sabe contar a ela como é que tinha sido seu conhecimento da cidade, numa antiga vez, quando seu pai velho estava internado na Santa Casa e ele precisou vir lá do interior para cá e quase foi roubado, ou noutra vez, mais feliz, quando reencontrou o aricungo, tocado por seu avô, que tinha sido cativo. Seu Sinhô poderia, pelo menos em hipótese, ensinar a menininha a apertar certo a teta da vaca para tirar o leite, aquele leite que se tomava muito antes do leite de saquinho e do leite de caixinha. Seu Sinhô, que poderia ser um elo nesta história, a mesma que o Jéferson vai estudar na escola, com seus colegas, em alguma sala de algum ponto da cidade, no futuro.

Eu mesmo gostaria de recorrer ao Seu Sinhô real para compartilhar com ele esta história inventada, em que um irmão da Janéti morre desse jeito tão sem cabimento. Que diria ele? Ele com seu olho de fundo amarelado e raiado de veiazinhas vermelhas, ele com sua cara magra, ele com seu fino bigodinho branco, ele com sua imensa mão de trabalhador do campo passada pela cara de alto a baixo. Ele dizendo "Baaaaaaaaaa", numa curva melódica descendente, quando ouvia alguma notícia triste, surpreendente, inesperada, descabida.

Te digo: ele não diria nada. Não teria a frase adequada. Frase é para nós, meu caro. Frase é como uma que ouvi ainda esses dias, atribuída a Jacques Lacan: "A vida é uma doença letal, sexualmente transmissível". Não deve ser do Lacan, que eu nunca imaginei capaz de um humor assim sutil. Seu Sinhô só exclamaria, triste, e entregaria carinho pelo olhar. E eu gosto da idéia de deixá-lo aqui, nos olhando, me olhando contar o que aconteceu depois.

Janéti fica sabendo da morte por acaso: está ouvindo rádio quando lava a louça do almoço em casa, numa estação popular, e escuta a nota fúnebre: "A Escola de Samba Unidos da Zona Sul comunica o falecimento de seu Diretor de Relações Públicas, senhor Jorge Antunes, que muita falta vai fazer a todos os que o queriam bem. Saudades de sua viúva, dona Rossana, e dos familiares. O enterro será hoje às dezoito horas, no Cemitério São Miguel e Almas". Janéti ouve "Jorge" e entende "Airton", conversão certa e adequada. Seu irmão não era Antunes, que não era o sobrenome da família;

mas também não era Jorge. Duas pequenas fraudes num só nome, nada de grave. Um irmão que morre. Janéti sabe no coração que é seu irmão e sem duvidar um só minuto resolve que vai até lá e que não dirá nada a mais ninguém, em casa. Não vale a pena. A mãe merece permanecer com a imagem do filho bonito, vencedor, de terno sem gravata, bom menino que sempre fora mas que ela, tímida, não soube beijar e abraçar naquela última visita dele à casa da família, permanecendo apenas no elogio à roupa dele quando queria dizer para o filho que a mãe tinha muito orgulho dele, um homem bonito como ele; o pai não saberá avaliar nada mesmo, nem mesmo conseguirá evocar os sonhos fenecidos que chegou a alimentar assim que nasceu seu primeiro filho macho, Airton, a quem, como pensou naqueles dias do passado, ensinaria tudo o que sabia em manejo do gado e da terra, em preparação de armadilhas para caça e em trabalhos com couro, para fazer laço e sovéu; os irmãos, para eles não fará talvez nenhuma diferença, porque Airton estava fora mesmo, não queria contato com eles, fizera nova vida, era parte de um passado nebuloso e prestes a morrer de vez. Só ela, Janéti, precisava ir lá.

Vai. Pede licença ao chefe da seção da fábrica de borrachas onde trabalha servindo café e limpando os escritórios, sai às 4 da tarde, pega um ônibus até o centro de Porto Alegre, pega outro ônibus para o cemitério, chega antes de os homens levantarem o caixão, que naturalmente estava fechado, sem sequer uma janelinha de vidro para deixar ver o rosto do falecido, que estourara a própria cabeça. Chega, assunta o lugar, que não conhece, e sem dificuldade distingue no meio das gentes a viúva, a Rossana, que ela não conhece nem de vista, nem de nome; mas é ela a grávida que chora, sentada na ponta de uma seqüência de cadeiras postas ao comprido da sala. Grávida como ela, sem marido como ela. A realidade gosta de simetrias. Só que Rossana tem família mais bem colocada na ordem das coisas, não passará por tantas dificuldades para pagar as despesas do parto, da educação do filho, de tudo o que se seguirá. Janéti pensa em se apresentar, dizer que seus filhos serão primos, primos-irmãos, terão a mesma idade, poderão brincar juntos e aprender a vida em parceria. Pensa e não encontra jeito de fazer isso adequadamente.

Mas espera aí: ela é a Janéti, que reuniu os irmãos dispersos e os trouxe junto com os pais na difícil viagem. Viagem que precisou existir para que Airton, depois Jorge, trilhasse o caminho estranho até perto de Rossana, a grávida que chora. Janéti não pensa tudo isso articuladamente, mas sente dentro de si parte da força que já a animara em outras passagens da dura vida. Janéti simplesmente vai até Rossana, ajeita o corpo barrigudo na frente da cunhada, abaixa-se o suficiente para olhar os olhos dela no mesmo plano, e diz: "Eu sou irmã do Jorge, vim aqui pra te dar um abraço". Rossana abre os braços, dirige-os para cima, envolve Janéti, que a aperta junto a si, peitos contra peitos, abraço quente e caloroso de duas mulheres prenhes de vida. "Eu me chamo Janéti, sou a mais velha", diz ela. Senta ao lado da cunhada, que não diz nada, só olha para ela e chora. "Tu tá grávida também, nossos filhos vão ter a mesma idade, vão ser primos, primos-irmãos, eles podem crescer juntos, se ajudando e aprendendo a vida em parceria". "Claro que sim", diz Rossana.

A vida é maior que a morte; a vida é uma doença letal e transmissível; a vida é esta maravilha irrecusável; a vida é a Janéti abrindo o coração para acolher mais gente ainda, porque sabe, sem palavras, que amor é sempre mais, sempre cresce, não entra em conta de divisão, para quem ama tão do fundo de si.

Quatro

– Eu ainda conheci mais uma pessoa da família da Janéti. Conheci mesmo, de verdade. Convivi com uma das irmãs dela por bastante tempo. Era a Rosa, a irmã mais nova, aquela que, se dependesse da vontade dos pais, seria a única a vir para a cidade, naquela emigração que a Janéti atrapalhou ao se apresentar com todos os irmãos antes espalhados. Na cabeça da mãe, a Rosa teria essa prerrogativa não por qualquer motivo particular de afeição, mas porque era a mais nova, a recém-nascida.

Na verdade, sendo o condutor desta história, eu posso ter conhecido a todos e a cada um dos irmãos. Eram, na ordem: o Airton, depois Jorge, que até morrer já morreu, nesta história; a Janéti, que tu já conheces, de tanto que eu falo nela; em seguida era outro rapaz, Antão, nome dado em homenagem a seu padrinho, em cuja casa ele viveu naqueles poucos anos entre nascer e ser arrebanhado pela Janéti, para vir embora junto, logo ele, que talvez pudesse ter destino social mais decente se tivesse ficado com o padrinho Antão, também pequeno proprietário, mulato, casado com uma branca cruzada com índio, casal sem filhos naquela altura, que tinha adotado com gosto o Antãozinho, que mostrava por sinal boa disposição para trabalho de campo e que, com o tempo, se mostrou um temperamento meio briguento, desafiando o falecido Airton muitas vezes durante o tempo em que conviveram e que, se fosse o caso de contar sua história toda, terminaria seus dias ou numa cadeia, ou morto numa briga de rua, verossimilmente; o seguinte se chamava Ramirez, o primeiro nome era esse, talvez por engano, mais um engano do pai, que assim como escreveu Janéti, com i, chegou no escrivão e disse "Ramirez", quando devia ter dito, conforme conversado com a mulher, Ramiro, menino de temperamento calmo, que será vigia noturno de um prédio e que vai, como simétrica compensação para a fuga ao campo que foi obrigado a fazer na infância, se integrar num CTG, num Centro de Tradições Gaúchas, ali perto da casa dos pais, a quem respeita ativamente; depois vêm três mulheres: Cleci, que vai casar ainda jovem e vai ser uma feliz dona-de-casa suburbana mas vai se manter sempre afastada dos pais, que lhe dão nos nervos por sua pasmaceira, por sua falta de reação diante da vida real; Valdeci, que desde que se alfabetiza se queixa do nome, que é mais de homem do que de mulher, Valdeci que será uma das primeiras mulheres a trabalhar como motorista de ônibus em todo o Rio Grande do Sul, em empresa que faz as linhas urbanas na área metropolitana de Porto Alegre, Valdeci que reterá na lembrança, de sua breve passagem na casa para a qual foi mandada quando nasceu – e não se sabe como reteve estas palavras, porque tinha talvez dois anos quando saiu de lá, enfim um mistério desses que a vida reserva –, uma frase reiterativa, que lhe volta em sonhos, numa forma que parece língua estrangeira, "Fermê, fermê, fermê la buche"; e Rosa, essa que eu conheci de perto.

Conheci de perto na figura de uma empregada lá de casa, que ficou comigo por anos e anos. O nome dela era outro, não importa agora qual. A gente a chamava por um nome que não era exatamente o dela, mas que ela aceitava como seu verdadeiro nome, até que eu um dia, precisando ver um documento para alguma formalidade burocrática, peguei pela primeira vez a carteira de identidade dela. Até então, como eu apenas pagava diárias pelo trabalho de faxina, nunca tinha visto nada de oficial, nunca assinei a carteira de trabalho dela, como nós da classe média confortável costumamos fazer, aliás. Aí leio o nome correto, e digo algo do seguinte tipo: "Mas Rosa, o teu nome é Rosi, e não Rosa! Como é que pode? Por que é que tu nunca nos corrigiu?" E ela responde: "Ah, mas tanto faz, pode me chamar de Rosi ou de Rosa, dá no mesmo". De forma que a Rosa era Rosi, com acento na primeira sílaba, com "o" fechado. Pensando bem, que diferença faz isso na vida de quem não lê nem escreve regularmente, apesar de saber, e que vive num mundo de certa forma anterior aos nomes formais com que nós nos apresentamos na vida social? Rosa, poderia ser Rose, mas era Rosi, e talvez a intenção fosse chamar-se Rosí, com acento na última sílaba, para fazer rima com as irmãs Cleci e Valdeci, mas enfim, tudo igual, tudo sem diferença.

Era uma figura bonachã, gorda, e na altura em que eu a conheci já não tinha vários dos dentes. Chegava sempre tarde lá em casa, mas sempre sorrindo e de bom astral, como se diz; nem tentava aqueles rodeios de explicação sobre o ônibus que atrasou, sobre a dificuldade de levar o menino até o colégio, sobre ter ficado presa em casa por uma torneira que encrencou, sobre a lama do caminho. Chegava tarde e ponto. Eu, que não me importava com isso, porque o que me interessava era a limpeza da casa e o asseio das roupas, matérias em que ela era perfeita, levava a coisa na boa, sem estresse. Te lembras daquela filosofia do falecido João Saldanha? Ele, técnico do Botafogo, era cobrado por escalar o Garrincha, que sempre chegava atrasado em treino e não gostava de correr e fazer o que na época se chamava de "física", e respondia que ia continuar prestigiando o Mané, porque ele não o queria para casar com sua filha, mas só para jogar na ponta direita, e isso o craque fazia melhor que ninguém. Lembra? Pois é. A Rosa era meio feia, gorda e sem dentes, chegava atrasada sempre, mas sorria e fazia o serviço otimamente. Fiquei com ela por anos, e só desfizemos o trato quando eu casei e minha mulher naquele momento resolveu, para minha tristeza, que não era decente permanecer com aquela figura meio deprimente em casa, sem contar que, e nisso minha esposa tinha total razão, era necessário ter uma empregada para mais dias na semana, coisa que a Rosa nunca se dispôs a encarar. Sua liberdade estava em trabalhar em várias casas, de forma que podia eventualmente se desentender com uma, porque sempre lhe restariam mais quatro ou cinco, e empregada caprichosa era artigo raro no mercado. Era e é, de certa forma.

Fica difícil imaginar uma mulher assim desengonçada, desinteressante e feliz? Mas era o caso. Era uma pessoa feliz: tinha um marido que pelo jeito lhe satisfazia em tudo, com quem compartilhava as despesas da vida e da casa no arrabalde e, mais que tudo, as da criação do filho deles, o único, um menino rápido e esperto chamado Orleir. Nome estranho, concordo, mas escolhido cuidadosamente pelos pais, a Rosa e o Adauto, que como todo e qualquer pai e mãe depositaram no nome um desejo de prosperidade, felicidade, bonança, ascensão social. Nunca perguntei à minha personagem de onde veio o estranho Orleir, mas parece ter a ver com vários nomes que em certo momento fizeram sucesso popular, a começar por Odair, o Odair José, cantor. Tu torces o nariz pra ele? Eu também, pra te falar a verdade. Mas aqui quem está na cena é a Rosa, a Rosi, seu marido Adauto e seu filhinho Orleir, que gostavam muito dele.

Como era possível que ela fosse feliz? Mistério. Para mim, mistério total. E ela ria, ria, ria com grande facilidade. Eu dizia qualquer coisa engraçadinha e ela abria a boca desdentada, rindo de modo contagiante, sacudindo a barrigona, fechando os olhos e levando uma das mãos à boca. Ainda a vejo agora, com um pano de prato na mão, secando alguma louça e rindo. Terá sido muito amada na infância; talvez tenha ficado com a carinhosa impressão de ser desejada, a mais desejada, lá quando o pai e a mãe resolveram migrar apenas com ela – para permanecer ancorado na minha história da Janéti.

O problema com gente feliz é que não rende narrativa. Todos os felizes são parecidos, ao passo que cada tristeza tem a sua particularidade. Quem foi que disse isso? Não me lembro se foi Tolstói, mas acho que sim. Lembrei de um amigão meu, meu mestre em várias coisas, o Juca Guedes, com esse nome de personagem do Simões Lopes Neto, que uma vez ponderou comigo, quando trabalhávamos num mesmo lugar e havia uma campanha dessas de ame-a-seu-próximo: "Essa história de 'Só o amor constrói' é uma besteira, porque só o que constrói é o ódio; quem ama, fica ali, deitado, feliz da vida, sem querer saber de construir coisa alguma". Ele tem toda a razão, deste mundo e do outro, que não há. De forma que a Rosa me levaria a um impasse nesta pequena corrente que estou aqui a repassar entre os dedos, como se um rosário fosse. Levaria, mas não vai levar, porque infelicidade sobra, na vida das gentes. Até mesmo na vida da Rosa, a feliz.

Eu posso muito bem propor aqui um veio de

impressionante horror para o passado da Rosa. Ela pequena, a filha querida, a única filha mimada de todos, cresce com os confortos de pequena rainha do lar, ou melhor, de verdadeira princesa do lar. A Janéti logo percebe a diferença que a mãe e o pai fazem entre a pequena Rosi, futura Rosa, e as duas outras miúdas, Cleci e Valdeci, que não chegam a ser escorraçadas, mas também não ganham moleza alguma. O pai, de hábito um sujeito quieto e parado, que passa longas temporadas sem arranjar emprego, se agrada muito da companhia da pequena. Se agrada tanto que, quando ela começa a ganhar formas de menina e ultrapassa a idade de criancinha, coisa aí pelos sete ou oito anos, insiste em ter a filha no colo, quando fica sentado a ver novela na televisão, ou a ouvir no rádio um de seus programas de gosto, a transmissão do futebol nos domingos à tarde, por exemplo. A menina corresponde ao gosto do pai, e este parece só ter ânimo verdadeiro, que o tira da pasmaceira, quando ela está no colo dele. Ele a abraça, ele a acarinha; ele massageia suas perninhas, ele confere a arrumação do vestido, da camiseta, da calcinha; ele mexe no corpo dela, que fica sempre agradada.

A Janéti demorou para se dar conta do perigo desse gavião rondando a pombinha. Quando lhe passou pela cabeça o horror, a hipótese de que o pai estivesse abusando da própria filha menor, ele já havia até consumado seu perverso desejo, talvez. Já fazia a pequena sair com ele, a título de procurar emprego, em ausências que demoravam algumas horas. E foi no retorno de uma dessas saídas que a Janéti, que estava casualmente chegando em casa também, acompanhou a cena: o pai carregando a mão da pequena Rosi, no caminho de casa mas ainda a umas quadras de distância, o pai parando para pegá-la no colo e entrando para esconder-se dos passantes em um recuo de um muro alto, o pai beijando a menina na boca, o pai metendo a mão por debaixo do vestido da nenê da família, o pai conduzindo a mão da pequena para perto de sua própria genitália. A Janéti corre como uma louca e grita destemperada o nome da irmã, "Rosi, Rosi", com uma voz que sai de seu corpo mais grossa do que nunca, estranha e apavorante, assustada e nervosa, a Janéti corre e chama, e vê que o pai tenta disfarçar os gestos, que o pai dá dois passos para a frente abandonando a menina mas volta e a pega pela mão, atarantado. A Janéti chega, esbaforida, abaixa o corpo, senta nos calcanhares, abraça a Rosi mas olha fixa e fria para o pai, que olha para a frente, para um lugar que não existia, para um ponto vazio. A menina não chora, a menina não diz nada; a menina abraça o pescoço da irmã mais velha, verdadeira mãe para ela, verdadeira mãe que não tem nem dezoito anos ainda.

Queres acompanhar a volta dos três para casa? Eu preferiria não ir junto. Deixo o velho demente, o canalha sem alma nem espírito, deixo esse pai falido caminhar sozinho; ele vai para o outro lado, não para casa, talvez para um bar, embora nem beba regularmente, nem tenha amigos, ao que se saiba; ele vai para lugar nenhum, nunca. Eu, de minha parte, fico dentro da cabeça e do coração da Rosi: nesse momento, ela sente que está reconfortada, porque tem o amor total e irrestrito da Janéti, a Janéti que sabe que a vida é estranha mas irrecusável.

Nunca a Janéti falou nada para o pai, que continuou a viver com a família apesar de tudo. A Rosi é que não: a Janéti conseguiu manobrar a situação e ajeitar as coisas para todos, como sempre fazia. Sua opção foi encontrar um novo lar para a Rosi, a pequena, a única que os pais quiseram trazer junto consigo lá de fora, lá do passado. Encontrou, na pessoa de uma tia emprestada, uma senhora que trabalhava na contabilidade da empresa em que a Janéti servia o café e limpava os escritórios. Tia conquistada, daria para dizer, porque no começo a mulher, uma solteirona maniática, confrontou sua presença com a da Janéti: em sua conta, eram duas mulheres dividindo o mesmo espaço, e a Janéti, negra, era no entanto jovem e vistosa, enquanto ela, a Nair, era meio sem graça e já passada, "ficada" como se dizia, porque não tinha casado. Vivia só, com certo conforto, num apartamento próximo da empresa. Era quarentona e saudável, pagava suas contas, honrava os crediários, era funcionária exemplar, tinha hábitos discretos e até elegantes, consideradas as coisas todas. Gostava de telenovelas, cultivava o requinte de tomar chá preto, de vez em quando de marca, importado, cozinhava sempre e fazia um tipo particular de biscoitos em datas especiais, ia à missa com gosto e contrição. E Janéti conseguiu entrar em seu coração, como sempre fazia com os outros, com aquela entidade abstrata que tu e eu aprendemos com o nome de "o próximo".

A dona Nair era o próximo, dessa vez. E a Janéti conversou com ela sobre Rosi, pensando que se ela acolhesse a pequena as coisas poderiam se ajeitar: a Rosi, que era um doce de menina, poderia talvez satisfazer o desejo maternal da Nair, sem contar que serviria como empregada à moda antiga, das que dormem no serviço, aquela figura agregada, da tradição senhorial brasileira, que se desse sorte encontraria casa, comida e carinho, mas que se desse azar viraria um saco de pancadas a trabalhar diuturnamente; a Rosi encontraria espaço para viver sua vida, para talvez encaminhar melhor seu futuro. Se a dona Nair quisesse – e de fato quis, mas sem sucesso, dada a resistência da Rosa, que nunca teve paciência para isso –, poderia pagar estudo para a pequena, que em troca a chamaria mesmo de mãe, o que de fato aconteceu depois. Mãe, ela, a Nair, que não era, a quem o destino tinha negado essa experiência. E mãe da Rosi, dos sete a única filha a ser dada informalmente para adoção depois da mudança para a cidade, por obra e iniciativa da Janéti, que queria todo mundo junto. A Rosi, que coloriu a vida da dona Nair amando-a; Dona Nair, que amou a Rosi como se tivesse saído de suas entranhas secas.

Pode se seguir agora que dona Nair seja, por sua vez, filha de uma senhora que vive em outra cidade, uma cidade pequena a uns cem quilômetros de onde vive a filha, numa cidadezinha dessas de cartão-postal, com casas com jardins floridos e de calçada sempre varrida ao fim da tarde, e que essa senhora tenha também uma empregada dessas antigas, de décadas de serviço ininterrupto e de dormir em casa, a qual por sua vez tem um filho, de nome Adauto. É menino sério, é já um rapazote, cultiva um bigodito em seus treze anos, e vai conhecer Rosi em seguida, digamos quando ela tiver doze e ele uns quinze ou dezesseis. As idades combinam, eles se farejam no ar sempre que dona Nair visita a mãe e leva consigo a Rosi, nas datas comemorativas para as quais faz os biscoitos – aniversário da velha mãe, Páscoa, Natal, aniversário da própria Nair, que é filha única. Rosi encontra Adauto, os dois são pessoas que cresceram amadas, e ainda que pobres encontrarão seu lugar e algum caminho neste mundo esquisito, injusto, duro.

Não se trata de final feliz, ou pelo menos não se trata apenas de final feliz. A vida tem pouco formato, mistura sim e não, tristeza e alegria. Rosi casa, Adauto é um anjo de marido, querido e amoroso, os dois têm o filhinho a quem designam pelo nome tão peculiar, Orleir. Mas eu poderia dizer diferente: Rosi começa a relaxar nos cuidados com a saúde, deixa os dentes apodrecerem na boca, perde uns quantos, engorda como uma porca e trabalha seis dias por semana, em serviço pesado de casa de família. E daí, qual é a melhor forma? Existir, as duas coisas existem.

Mas espera aí: eu não disse que isso tudo aconteceu com a Rosi, a Rosa. Falei que era uma possibilidade para a história dela. Combina com tudo, com o temperamento da Rosa, para começo de conversa, assim como calha bem à Janéti, a seu jeito de ser positivo e acolhedor, preciso e duro. Além do mais, acrescenta uma simetria à história: a única que não foi dada pelos pais para ser criada por outrem acaba sendo dada à revelia deles, ou melhor, para escapar do pai, e de certa forma para fugir à tolice da mãe, que foi incapaz de reagir ao que o marido fazia. Mais uma proporção: a única filha que poderia ter recebido educação formal mais sofisticada, e além disso patrocinada por uma mulher de certa cultura, como a dona Nair, acaba por ser uma relaxada com a leitura e o conhecimento, de que nunca gostou, e com seu próprio corpo, perdendo dentes e engordando além do razoável. Simetrias, proporções, que dão formato à vida.

E vou te dizer mais: eu não só não disse que foi assim que aconteceu, como de fato tudo o que eu contei pode ter se originado de uma alucinação da Janéti, ou quem sabe do tal "retorno do reprimido" da mesma Janéti. Quer ver? Retorna lá para a cena em que a Rosa, ainda Rosi, pequena menina de seus oito anos, está voltando para casa de mão com o pai, que supostamente foi procurar emprego e levou-a junto, justo quando a Janéti voltava do serviço, casualmente na mesma hora, e viu o que lhe pareceu ser um abuso sexual do pai contra a filha mais nova. Volta e olha de novo: pode muito bem ser que o velho tenha entrado com a pequena naquele recuo não para molestá-la, para ajudá-la em alguma coisa, sei lá, assoar o nariz, ajeitar o cabelo, tirar um cisco do olho. Criança vive precisando que a gente assopre no olho para tirar aquele incômodo, sabe como é, não? A gente esbugalha os olhos da criança, segurando as pálpebras bem afastadas, e assopra com certa força e brevidade. Não vai fazer isso perto desses médicos neuróticos de hoje em dia, porque certamente vão te dizer que no teu sopro tem bactérias, que o teu corpo exala o tifo e a malária, que é a véspera do fim do mundo. Não vai atrás; um bom assoprão resolve o caso, vai por mim.

Por que não pode ter sido assim? Pode sim, senhor. Só que a Janéti – eu preciso pensar isto que vou pensar agora, senão estarei falhando com a humanidade dela mesma – tem ciúme da pequena Rosi, a quem igualmente ama. É assim que é, entre quaisquer pessoas, entre irmãos mais ainda: amor e ciúme, amor e ódio, solidariedade profunda e desejo de morte. A Janéti olhou aquilo, desconfiou, se aproximou correndo, esbaforida, gritando com voz dura o nome da irmãzinha que corria perigo, e quando chega perto a menina a abraça, reconfortada, enquanto o pai, lá na sua singeleza, pensa uma coisa do tipo "Mais uma vez essa ciumenta vem pra me tirar da companhia da única filha que me resta, da única que me ama verdadeiramente". Claro que ele não pensa com essas frases compostas, provavelmente não; terá sido um jeito mais puro e duro, como naquela frase do grande Juan Carlos Onetti, desencavada pelo meu amigo Paulo Ribeiro, que a colocou como epígrafe de seu belo e triste romance, "Qué fuerza de realidad tienen los pensamientos de la gente que piensa poco y, sobre todo, que no divaga".

Janéti tem ciúme, provavelmente desde muito tempo, desde quando teve notícia de que os pais iriam migrar apenas com a pequena, a menor, a eleita, ao passo que os outros ficariam onde deus permitisse, onde a sorte proporcionasse. E seu ciúme venceu a razão: ajuntou pedaços de imagens e de lembranças para compor em sua cabeça um enredo de assédio sexual criminoso, um adulto contra uma criança, um pai contra sua filha.

Te dou mais um argumento: pode muito bem ser que a Rosi tenha mantido uma ótima relação com seu pai, desde então e para sempre. Vamos ali ver a cena: olha a menina de fato chegando da escola e se encostando no pai, que está sentado ao lado do fogão a lenha, num inverno frio, tomando um mate para esquentar por dentro enquanto por fora se aquece ao calor do fogo. Ela chega, ele a acarinha no alto da cabeça, nada de beijos; ela solta a pasta num canto qualquer e fica de pé perto dele, e só se move dali para ficar abraçada nele pelas costas. Agora a gente passa para a frente dele e vê a alegria muda dele com esse abraço, abraço de puro amor, de benquerença profunda, de quem se ama.

Não é que a Janéti agora tenha que ser condenada aos infernos; nada disso. Ela é humana, nada menos que isso, e então precisa sentir o mal dentro de si, eu preciso botar esse mal na cena, caso contrário ela ficaria uma santa, uma mulher irreal, quando se trata de gente comum, ela, a Rosi e o pai. O pai, esse velho pai, um traste que não encontrou emprego e portanto é uma boa besta, um peso morto? Também não sei. Vou te propor outra variável: quando o Airton, já chamado Jorge, soube que estava por assim dizer grávido, logo pensou em reatar a relação com a família. Queria amar sem aquela prisão invisível em que se metera, com a mudança de nome e até de sobrenome, com a mudança de cidade, com a mudança de ambiente social. Queria atar as pontas da vida, coisa que o amor exige para se completar. E pensou em ir até em casa, como de fato foi, naquela cena de mudezas recíprocas que contei. Em seu coração de jovem candidato a pai fervia um mundo inteiro: queria contar a todos, queria sonhar junto com a família, queria examinar os laços antigos para sabê-los existentes, resistentes.

A intenção falhou, como nós já sabemos, porque ele era um tímido em casa, mesmo que Diretor de Relações Públicas na escola de samba. Sua mãe, que o amava profunda e desajeitadamente, não disse nada; a Janéti apenas perguntou coisas que pudessem estabelecer o mínimo de relação entre todos, em sua generosidade também meio desajeitada; os demais irmãos poucos participaram, ainda que estivessem interessados no destino do irmão mais velho que retornava com aspecto novo, arrumado, bonito; e seu pai ficou com os olhos postos no chão, sem reagir, sem saber, sem nem pensar.

Mas esse pai não sentia repuxões nas profundezas da alma? Sentia sim. Queria saber um jeito de recompor os fios que o haviam ligado alguma vez àquele moço ali, tão decente, um vencedor na Cidade, queria saudá-lo pela vitória, pelo terno, pelo corte do cabelo, tudo tão moderno e tão adequado ao novo mundo; queria talvez até perguntar ao filho como é que se fazia para chegar a tanto, qual era o caminho certo, como a gente devia se comportar naquele universo que ele mesmo não entendia, nem muito menos manejava; e queria – vamos ver o lado escuro do velho pai, também – surrá-lo por vencer ali onde ele sucumbiu. Tudo misturado, como na vida real. Tudo forte e profundo, como na vida de pessoas reais.

Airton tinha até ensaiado, sem deliberação, em sua mente e em seu coração, um rumo para sua conversa com o pai, na frente de todo mundo, quando chegasse: Pai, eu vou ter um filho, acho que vai ser um menino, ele vai se chamar Jéferson, foi a mãe dele que escolheu mas eu achei bem bonito, eu vou trazer ele aqui pra conhecer o senhor logo que ele nascer, eu quero que o senhor ensine tudo pra ele, ensine como se monta a cavalo, como se trançam guascas para fazer um sovéu, como se sabe a hora certa de colher os pêssegos na primavera, como se sabe se vai chover pela cor do fim do dia, como se chega num animal arisco, como se faz um fogo bem forte quando choveu uma semana seguida e o mundo parece molhado para sempre, como se prepara um mate do jeito antigo, como se constrói um puxado na casa e como se ajeita um galpão, como se acolhe os amigos, como se ama um filho, como se faz uma família.

Não deu tempo, porém. Airton, no papel de Jorge, morreu antes, talvez de triste, talvez por não ter podido perguntar o que precisava e que lhe pressionava o peito para trás e os ombros para baixo. Agora, vamos ter que esperar pra ver se por obra do destino o Jéferson vai encontrar quem lhe dê notícia de tanta habilidade vital e sem lugar na cidade, na Cidade.

Cinco

—Tanto livro já escrevi e agora falei coisas que eu não saberia escrever do meu jeito habitual. Uma coisa é falar, lembrar, compartilhar a memória e a fantasia, mas bem outra é convencer quem não está aqui, junto, solidário como tu, a respeito dessas vidas, essas sagradas vidas, como qualquer vida. Agora acabou, passamos por elas, como passa qualquer coisa, um rio azul numa vida, um cão sem plumas por outro rio, um amor abortado no sertão das Gerais, um filho que morre fora do país e do alcance do pai que o negou, uma pequena cidade natal que resta como quadro na parede da memória e dói, a chance de um bruto arrivista completar a vida casando com uma professorinha altiva, passa o tempo todo, passa este senhor tão bonito, o Tempo, passa tudo, como vai passar pela avenida um samba popular.

Agora é hora de desfazer a conversa, desatar estes fios que me, nos ligaram momentaneamente a quatro vidas: Janéti que era pra ser Janete, Seu Sinhô que ganhou o apelido do avô ex-cativo, Airton que modernizou seu nome para Jorge, Rosa que nasceu Rosi. Quatro negros, por acaso; quatro seres humanos, também por acaso. Todos somos obra do acaso, mas a gente não consegue suportar direito, como diz uma personagem do Umberto Eco, a idéia de que átomos enlouquecidos tenham colidido numa pista escorregadia qualquer e dado origem a esta coisa aqui, que chamamos vida. Vida que meus quatro criados, minhas quatro criaturas representam à perfeição. Agora é distender os membros e os músculos; agora é acabar com a tensão de alma que nos uniu para voltar ao que chamamos, talvez por força do hábito apenas, de vida real, esta aqui fora.

Os quatro são infelizes e de vez em quando ficam felizes, como todo mundo. Janéti ama o mundo de um jeito poderoso e inexplicável; Seu Sinhô alcançou a sabedoria por temperamento e idade; Airton não teve tempo de ver a vida se reproduzir, em seu filho, que talvez esteja por aí, como advogado, sambista, funcionário, policial, quem vai saber; e Rosa segue limpando a casa dos que lhe pagam e não se aborrecem com os atrasos, o aspecto meio grotesco e a legítima felicidade.

Penso agora numa cena final para arrematar toda a trama: lá no interior de onde vão sair em poucos segundos, naquela cena do passado, estão já dentro do ônibus os pais da Janéti, com os sete filhos – Airton, Janéti, Antão, Ramirez, Cleci, Valdeci e Rosi –, cada qual com seu nome; a mãe acabou de explicar, com poucas e insuficientes palavras, que não tem dinheiro para pagar todas as passagens, e o motorista, que é dali do mesmo distrito, já disse que vai cobrar os dois adultos e uma pelas crianças todas, tudo bem, resposta que a Janéti menina ouviu com um sorriso ainda mais intenso no rosto, confirmação de sua fé em que tudo vai dar certo; o ônibus vai arrancar, dá pra ver, porque o motorista acabou de engrenar a primeira marcha e começa a acelerar; se a gente olhar para fora, à direita do ônibus, vai divisar um velho sobre o cavalo, um velho negro, magro, cara ossuda, que segura as rédeas com uma serenidade notável na mão esquerda, o relho parecendo um cetro que se apóia no alto da coxa direita e é agarrado pelo topo com a mão direita: é o Seu Sinhô, que eu acabei de pôr na cena, já que ele estava passando, sem pressa, aqui na minha imaginação, e pode ficar à beira da estrada para ver a saída do pessoal da Janéti; e ele pára mesmo, maneja o cavalo para ficar com o corpo de frente para a estradinha.

Quadro completo, em que eu posso enxergar num mesmo golpe de visão os meus quatro personagens. No centro simétrico está a Janéti, olhada pelo Seu Sinhô lá de fora, e aqui dentro também pelo menino Airton, pela nenê Rosi, e mais por Antão e Ramirez, por Cleci e Valdeci, por pai e por mãe; agora que o ônibus arrancou, a Janéti está de pé, com uma mão segurando o espaldar de um banco e a outra o espaldar de outro, no fundo do ônibus; ela está cercando sua família, protegendo-a, dizendo com seu corpo que tudo vai dar certo.

Minha gratidão aos leitores do texto em processo: Caroline Chang, Ana Rosa Fischer, Cláudia Tajes, Ana Marson (certeiros palpites de revisão), Marcelo Carneiro da Cunha, Kátia Suman, Fabrício Carpinejar, Cícero Dias, Sérgio Fischer, Paulo Coimbra Guedes, Eleonora Ziller Camenietski, Carlos Eduardo Caramez, Iuri Abreu, Arthur de Faria, Leandro Sarmatz, Luiz Paulo Vasconcelos, Vitor Ramil. Especialíssimo agradecimento ao parceiro Cláudio Moreno, que mais uma vez colocou sua agudeza a serviço do meu texto (e ainda me ofereceu toda uma cena).

A bênção de Claudeti Macedo e Arcilho Sousa, cujas vidas em parte estão aqui. Um abraço para Diamarante Teixeira, amigo que me apresentou ao mundo caçapavano.

Em memória de Jorge Pozzobon, antropólogo de verdade, autor de um livro que merecia ser lido por todo mundo, *"Vocês, brancos, não têm alma"* – *Histórias de fronteiras*. Belém do Pará: EDFPA, 2002.

Para a Julia, coração amoroso, porque foi indispensável no parto desta história. De mais esta história.

IMPRESSÃO:

GRÁFICA EDITORA Pallotti
IMAGEM DE QUALIDADE

Santa Maria - RS - Fone/Fax: (55) 3220.4500
www.pallotti.com.br